JN319499

逆ハーレムの溺愛花嫁

Ayano Saotome
早乙女彩乃

CHARADE BUNKO

Illustration

Ciel

CONTENTS

本作品の内容はすべてフィクションです。
実在の人物、団体、事件などにはいっさい関係ありません。

～　プロローグ　～

波留《はる》は今、日本よりはるか遠方の砂漠の王国で、薄氷を踏むような窮地に立たされていた。

「我が孫娘、百合菜《ゆりな》よ。お前がカディル王国に帰還したことを祝福するため集まった、多くの王族や民衆に向けて言葉をかけてくれまいか」

祖父、ドハ国王の申し出だったが、波留は突然のことに頭が真っ白になって混乱する。

「どうしよう。急にそんなことを言われても…」

僕は姉さんじゃないんだし、いったいなにを話せばいいんだろう？

沈黙がしばらく続くと、広い祭礼ホール内に不穏な空気が漂い始める。

だめだ。早くなにか言わなくちゃ！

もし…僕が身代わりじゃなく本物の百合菜姉さんだったら、民衆に今なにを語る？

母であり、国王の愛娘《まなむすめ》であったエルハム王女から、この国の言葉も文化も習っていた波留だったが、あまりの緊張で思考が完全にフリーズしている。

王族関係者、そして国の富裕層を併せ、約三百人が集まった広大な祭礼ホール。

中央に設置された少し高くなった演台で、先ほどから楽師がこの地方の民族音楽を鳴らしていた。

「どうした、百合菜？」

すっかり顔色をなくしている波留だったが、それに対して周囲がざわつき始めた時、一人の可憐《かれん》な女性が唐突に立ちあがって申し出た。

彼女は隣国、ラシム王国の新米の神官で、今日の祝賀に招かれたナディム王子とファルーク王子の侍女を任されたジュラだ。

この地方では王家の側近や侍女に就くのは、身分の高い者というのが慣例で、ジュラの父も隣国の最高神官の称号を得ている。

「失礼ながら、百合菜王女は我が国のお言葉が話せないのではないでしょうか？　ならば、なにか皆を喜ばせるために余興など披露されてはいかがでしょう？　たとえば…そう。この国の伝統舞踊はいかがでございますか？」

それは一見すると助け船のようにも見えたが、ジュラの挑発的な態度から、王女に恥をかかせるための進言だと予想がつく。

「あぁ、失礼いたしました。私の発言もご理解いただけないのですね。でしたら、私が百合菜王女のために祝賀の舞を披露いたしますわ」

周囲からは王女のことを中傷する声もちらほら聞こえ始めるが、それも仕方がないのかもしれない。

日本から突然カディル王国に帰還したドハ国王の嫡子である百合菜を、外国の血が混じったよそ者だとして歓迎しない王族や民衆も一部にはいるようだ。

だが、いやがらせ目的に見えたジュラの申し出は、意外にも波留にとって助け船となった。

「あ、あの…この国の伝統舞踊、バラディなら…披露できます」

立ちあがって緊張しきった様子で申し出たあと、波留はようやく頬をゆるませた。

王女が発した言葉は紛れもないカディル王国の言語で、発音も正確で民衆たちはまずそれに驚いた。

「すみませんが、演奏して欲しい曲があります」

タンバリンのような形状のレク、弦楽器のラバーバ、儀式にも使われるナーイと呼ばれる笛など、めずらしい楽器を持った楽師たち。

彼らに演奏してもらいたい曲目を告げたあと、波留は衣装に着替えるためいったんホールをあとにした。

ところが廊下に出た時、なぜかそこにジュラが待ち構えていて、波留にだけしか聞こえない声で挑発する。

「私は子供の頃から二人の王子に仕えてきたのよ。最高神官の娘の私は身分から見ても彼らの妻になるに相応しい。だから私はずっと王子の花嫁になることを夢見てきたのに、いきなり現れた異国の血が混じった女なんかに絶対渡さないから」

ラシム王国のナディム王子とその弟であるファルーク王子は、今日のこの祝いの席に招かれている。

そしてナディム王子は、百合菜の花婿候補だ。

ようやくジュラが自分を挑発する理由がわかったが、波留にはどうしようもない。

「……………すみません。着替えがありますので、失礼します」


急きょ、王宮の召使いが、王族の衣装室からバラディ舞踊の衣装を用意した。

伝統的な民族衣装は宝石などの装飾が見事で、腰から上下がセパレートになっている。

胸元には王家の紋章が刺繍《ししゅう》されていることから、王族に代々引き継がれている衣装なのだとわかった。

華やかな姿でホールの扉の前に立った波留は緊張でめまいがしそうだったが、深呼吸を繰り返して気持ちを落ち着かせようと努める。

「あぁ…正直すごく怖いよ。僕が姉さんの代わりに舞を披露することになるなんて…」

でも、やりきらなくちゃ。

日本に嫁ぐ前、ドハ国王と母の間で交わされた約束を果たすため、カディル王国の王位継承者として帰還するはずだった姉、百合菜。

だがワケあって今ここで王族や民衆の前にいるのは、姉と外見が瓜二つの弟、波留だった。

「落ち着こう。とにかく落ち着いて…」

僕の正体がバレないよう、堂々とふるまわなくちゃ！

それに、この地方伝統のバラディ舞踊なら、幼少期から母に厳しく指導されてきた。

「だから大丈夫。ちゃんとできる」

エジプト発祥のバラディ舞踊はその後、東方へと伝承されていき、近年、欧米や日本でも人気を博している。

「お願い…僕を守って」

胸にかけた大事なペンダントを掌《てのひら》でぎゅっと包んで、波留は祈った。

これまでも、困難な局面ではいつも自分を助けてくれたペンダントが、どんな経緯で自分の所有物になったかという記憶は不思議なことにない。

でも、おそらく誰かとの大事な約束の証《あかし》だったような気がして、触れていると安心する。

だからそれはずっと、波留にとって大事なお守りだった。

ホールに入室した波留は中央まで歩み出ると、広い舞台にあがって堂々と顔をあげる。

まとっている衣装は、バラディの激しい動きを美しく見せるために作られたもの。

バラディ舞踊の特徴は、腰や胸を前後左右に生き物のように振って操ること。

そのせいで妖艶な印象を与える効果があるが、肌を露出することの少ない地域において細い腰があらわになるこの伝統衣装は、非常にめずらしいとされてきた。

だが、パラパラと拍手を送る観衆の目から読み取れる今の感情は、異国の血の混じった波留への疑心と好奇でしかない。

さらに中央の王族席から、すらりと背の高い美人、ジュラが再び波留をけしかけた。

「百合菜王女、どうぞ素晴らしい舞を披露してくださいな。我が国の二人の王子も興味深くご覧になっていらっしゃいますわ」

　華やかな笑顔を周囲に振りまくジュラは、波留にだけは冷淡な視線を向ける。

「さぁ、百合菜王女」

　横柄な態度で挑発するジュラは、侮っているのだ。

　たとえエルハム王女の娘とはいえ、長い間異国で育った者がこの国の伝統舞踊バラディを踊れるなどあり得ないと。

　だが、すでに腹をくくった波留には、もう先ほどの動揺は見られなかった。

　上手く踊れるかはわからないが、全力を尽くすしかない。

　日本で長くバラディ舞踊を学んで知ったのは、言葉が通じない相手でもダンスという表現ツールを使えば互いにわかり合えるということ。

　すべては大好きだった母、エルハム王女から学んだ。

　――母さん、姉さん見ていて。

　僕は姉さんの身代わりを、ちゃんと務めてみせるから！

　軽やかなステップで舞台中央に現れた波留は、優雅な仕種でホール内を見渡して会釈する。

　全員の顔を端からゆったり眺めると、不思議と落ち着いてきた。

「では楽師の方々、お願いします」

　そう告げると楽師長がうなずいて、合図とともに伝統的な楽曲を奏で始めた。

　いよいよバラディ舞踊が始まる。

足をすべらせるようにして最初のステップを踏んだ波留は、両腕を高くあげながら素早くターンをする。

波留の動きに追従するように、シルクの長いスカーフが宙に流れてやわらかな線を描く。軽やかに床を蹴《け》って跳躍すると同時に、まるで空間に浮くようにシルクのスカートがふわりと浮かぶ。

それはまるで、お伽《とぎ》の国の舞のように優雅で幻想的だった。

「あぁ、やっぱり踊るのはとても楽しい」

久しぶりのダンスは、緊張していた波留に自分らしさを取り戻させてくれる。

母であるエルハム王女はカディル王国にいた頃、バラディ舞踊の名手だった。

主に女性が踊るこの伝統舞踊を、母から詳細に教わってきたのは、姉ではなく波留の方だった。

父譲りで頭脳明晰《めいせき》だった理系の姉よりも、情緒豊かで感情表現の上手い波留は誰よりも母の優雅な舞いを継承したといえる。

成長した波留は、いつしかその伝統舞踊の文化を日本人に教えるほどに上達した。

指先の一本一本まで神経の行き届いた繊細な動きは、優雅さの中にも凛《りん》とした力強さを表現している。

見る者を強く惹《ひ》きつける要因の一つは、激しい動きの中でも波留が笑みを絶やさないことにもあるようだ。

やがて、観衆の様子にも徐々に変化が現れ始める。

彼らは波留のダンスでなにかを感じてくれているのか、身体《からだ》でリズムを取ったり手拍子をしてくれている。

それが嬉《うれ》しくて、波留は精いっぱいの舞を全身全霊で披露した。

短時間で見る者を魅了した波留のバラディ舞踊は、実に見事だった。

やがて穏やかに演奏が終わると、波留はゆったりとその動きを止める。

ダンスが終わった時には、波留を見る観衆の目つきが明確に変わっていた。

先ほどまではどこか排他的な視線を浴びせかけていた王族、そして宴に招かれた富裕層の民衆たちが、今では愛着を持って波留に喝采を送っている。

「あぁ、よかった…」

息が整わないまま、波留は丁寧に艶美に、そして上品に会釈を繰り返した。

この場に集う多くの人々が少しでも自分を、同じ血が流れたカディル王国の人間であることを認めてくれたような気がして嬉しかった。

もちろん、最前列で鑑賞していたドハ国王も大喝采。

「百合菜。お前は我が愛娘、エルハムの忘れ形見として見事に伝統舞踊を披露してくれた。わしはお前をカディル王国の正式な跡継ぎと認め、今日のよき日に我が国に迎えよう」

ドハ国王の宣言がホールに高らかに響き渡ると、さらに民衆たちは沸き立った。

そして、波留はようやく安堵《あんど》の表情を浮かべる。

あぁ、よかった。国王に認めてもらえて、本当によかった。

それに、どうやら今のところは誰も自分が百合菜の身代わりだと疑っている様子はない。

「さても百合菜…さっそくだが、お前が王位を継承する前に、ともに我が国を繁栄に導く伴《はん》侶《りょ》を決めるがいい」

「…はい」

政略結婚のことは聞いていたが、姉の心情を思うと心が痛む。

「ラシム王国の第四王子ナディム、第五王子ファルーク。前へ」

なつかしい名前が呼ばれてそちらに目を向けた波留は、立派な若者を見て目を見張った。

「え…嘘《うそ》っ？」

ナディムとファルークは、波留が以前、母や姉とともにカディル王国に帰省した折、一ヶ月の間、一緒に過ごした遊び友達だった。

当時はまだ十歳前後だった彼らは、まるで仲のいい兄弟のように遊技に夢中になった。

そんな楽しい思い出が脳裏によみがえると同時に驚いたのは、二人が本当に逞《たくま》しい青年に成長していたからだ。

どうしよう。

目の前にいるのが、あの日の幼い王子たちだなんて信じられない…。

だって……二人とも、すごく逞しくハンサムになってるから。

兄のナディム王子は金髪碧眼《へきがん》で、フランス人の側室である母君の血を色濃く受け継いだようだ。

肌は白磁のごとく、容貌は非の打ち所がないほど端正だが、華やいだ色もまとっている。

もちろん背も高くて体格も申し分ない。

まるで童話の王子様が、画面から抜け出て具現化したような姿だというのが波留の最初の印象だ。

そして、もう一人は弟のファルーク王子。

でも、あれ？　おかしいな？　今しがた、ドハ国王はなんて言った？

確か…。

「あの…おじい様。花婿候補は、ナディム王子お一人だったのではありませんか？」

姉さんからは、二人とも候補に選ばれているなんて聞いてない。

「実は、ナディム王子が百合菜の花婿候補じゃったが、数日前に急にファルーク王子からも立候補したいとの申し出があったんじゃ」

「え？　では、どちらと婚約するのかを、私が選ぶということですか？」

「そうじゃ。実はわしとて、少しでもお前に選択肢を与えてやる方がよいかと思ってな。しかも王子は二人とも、百合菜と夫婦になりたいと、とても熱心なのでな」

「そうですか…」

波留は改めて、弟のファルーク王子に視線を移す。

十歳頃の彼は小柄で愛嬌《あいきょう》があって、すぐに泣いてしまうような子供で、いつも波留のあとをついてまわっていた。

確かに面影は残っているが、背が高くなって本当に逞しく成長している。

正装をしていても胸板は隠しきれないほど隆々と厚く、腕や首にも力強く筋肉がついていて見惚《みと》れてしまいそうになった。

容姿に関しては兄のナディムと違い、ファルークは父の遺伝子を濃く受け継いだようで、漆黒の髪と瞳、そして褐色の肌が壮絶な色香を放って扇情的だった。

それにしても、二人の王子にしてもこの結婚は紛れもなく政略結婚になるのだが……。

ナディムはラシム王国、国王の四男、ファルークは五男という立場で、二人とも王位継承権の低い側室の息子《むすこ》である。

この地域の国家では、国王の庶子が隣国に養子に出されたり嫁いだりということは日常的に行われていた。

まるで日本の戦国時代のようだが、それによって隣国同士が友好的な関係を維持し、平和が保たれている。

「百合菜、お前は花婿候補に名乗りをあげたナディム王子とファルーク王子のどちらかを選んで、王位継承者として我が国の女王に即位して欲しい」

カディル王国の法律では、性別に関係なく先に生まれた嫡子が家督を継いで国王、もしくは女王となる。

「これから一ヶ月間、アザハの離宮で王子二人と蜜月を過ごすがいい。そしてどちらを夫とするのかを吟味したのちに選ぶがいい」

「え？　蜜月って…？」

なに？　どういうこと？　そんなの…聞いてないよ。

婚姻までの一ヶ月間、花婿候補と一緒に過ごすとは聞いていたが、一つ屋根の下で蜜月を過ごすなんて濃厚な話は初耳だった。

それはすなわち、身体の関係も含むってこと…だよな？

嘘だ。こんなの…信じられない！　誰か嘘だと言ってよ。

でも…だとすれば、僕が姉さんの身代わりだってバレないわけがない。

あぁ、どうしよう…！

波留の動揺をよそに、ナディムとファルークが歩み出てきて眼前で膝を折った。

「百合菜王女、わたしたちは我こそが貴女の心を射止めたいとドハ国王にお伝えしました。どうか一ヶ月の間、我々とともにお過ごしになって、どちらかを貴女の伴侶に選んでいただけましたら光栄に存じます」

ナディムは波留の手を取り、恭しく甲に口づけを落とす。

「アザハの離宮はとても美しいところ。そんな場所で王女とともに一ヶ月も過ごせることは我々にとって至福の極み」

今度はファルークからも、同じように敬愛のキスを受ける。

「百合菜王女、我々二人の心からの寵愛《ちょうあい》を、その身でお受けくださいませ」

「そ、そんな…」

見つめられて、波留は身体の芯《しん》が甘くうずくような妙な錯覚に見舞われて少しあとずさる。

もし自分が本当の百合菜だったら、こんな美しい男たちとの間にどんな甘い蜜月が待っていたのだろうか。

吐きだした息は、なぜか熱を持っていた。

【1】

一ヶ月前。日本。


都内で暮らす佐々木《ささき》百合菜と波留は、仲のいい姉弟《きょうだい》だ。

今年で二十五歳になる弟の波留と、四つ年上の姉、百合菜は、容姿も声もよく似ている。

二人とも小顔で瞳が大きく、ちょっと目尻の下がったところが可愛《かわい》らしい。

先端がツンと尖《とが》った鼻は控えめで、赤味の濃い唇は小さくても肉厚だから、その気はなくても妙にセクシーな印象を相手に与えてしまう。

身長や体重といった体形的な面で百合菜は日本人女性の平均値だったが、波留は成人男子としては小柄に見えた。

二人が歩くとまるで双子のようで、互いの友人から街で間違えて声をかけられることもあった。

姉の百合菜は、都内にある理系の国立大学工学部を卒業後、大手化学メーカーに勤務し、後進国の石油プラント整備のため、各国に出張滞在して仕事をこなすキャリアウーマンだ。

父親も娘と同じ大学出身者で、百合菜は父の明晰な頭脳を受け継いでいるらしい。

一方、弟の波留は天然気質なお人好《ひとよ》しで常にマイペースな楽天家だが、意外にも運動神経は抜群。

そのせいか、まれに二人の性別が逆ならよかったのに…と周囲から揶揄《やゆ》されることも少なくなかった。

姉弟の母であるエルハム・佐々木は三年前に病気で他界していたが、彼女は日本から遠く離れた熱砂の地にある小規模な王制国家、カディルの出身で、国王と正妃の間に生まれた嫡子だった。

カディル王国は多民族国家だったが、非常に平和的な歴史を刻んでいる。

その背景にある理由は、周辺諸国が無駄な争いごとを避けるため、王位継承権の低い互いの子供同士を政略結婚させることで、同盟関係を維持してきたことにある。

王家に限れば今も一夫多妻制度が残存し、国王は血を分けた子を多く残したがった。

だがドハ国王は慣例を嫌って妻を一人しか娶《めと》らなかったため、子供は二人だけだ。

そんなカディル王国は、男女にかかわらず年功序列で王位継承権が与えられるため、最初に生まれた王子が第一王位継承者として育てられる。

そして姉弟の母、エルハムは二番目に生まれた嫡子で、王位継承権第二位となっていた。

そんなエルハムは二十歳《はたち》の頃、ある男性と恋に落ちた。

主要道路整備のためカディル王国に滞在していた建築会社社員で、それが姉弟の父である。

エルハムは結婚を認めてもらうためドハ国王を何度も説得した結果、父の提示したある条件を飲むことで、ようやく日本に嫁ぐことを許された。

その後、日本で二人の子供にも恵まれたエルハムは、百合菜と波留に幼少期からカディル王国の言語を教え、自らが得意だったバラディ舞踊を忠実に伝授した。

今では世界各国でも、ベリーダンスという名称で人気が拡大している。

現在、父は仕事で相変わらず世界各国を飛びまわっていた。

百合菜はというと、実に面白い偶然だったが、昨年からカディル王国の隣国、ラシム王国へと出張していて、そこの石油化学プラントで仕事に邁進している。

一方、波留は男性でありながらも成長とともに母直伝のバラディ舞踊に心酔。

いずれはバラディ舞踊の本場、エジプトなどで本格的に学びたくて、大学時代から真摯にダンスを極め、現在は都内のダンススタジオでインストラクターとして教えている。

そんなふうに、家族それぞれが多忙な日々を過ごしていたある日のこと、唐突にカディル王国からの使者が佐々木家を訪れた。


ドハ国王の秘書だと名乗る彼は、姉弟にある事実を伝えるため、訪日したという。

応接室に案内すると、彼は気を使って英語で話しかけたが、百合菜はそれを遮った。

「あの、カディル王国の言語で話してくださって結構です。二人とも話せますので」

エルハムは生前、家の中では母国語を使って会話することを家族に徹底していた。

「では失礼いたします。私はドハ国王の弁護士兼、秘書をしているディンと申します」

淡々とした表情と口調のまま、彼は来日した理由を話し始める。

「実は、王位継承権第一位でいらっしゃったイズミル王太子とそのご家族が、少し前に米国内での飛行機事故で他界されました」

突然の訃報に、波留は驚きの声をあげた。

「え。それは本当ですか？　そんな…」

伯父《おじ》と会ったのは二人が幼少期に帰省した一度きりだったが、波留は優しかった伯父やその家族を思い出して目を潤ませた。

だが百合菜はその事実に合点がいかないらしく、首を傾《かし》げる。

「とても残念なことです。でも……変ですね？　それは、本当に事実なのですか？」

「と、おっしゃいますと？」

「実は、私は昨年、何度か隣国、ラシム王国の石油化学プラントに仕事で出張していましたが、そんな訃報は伝わっておりません。で、葬儀はいつですか？　私たちも参列します」

「おそれいりますが……王太子ご家族が亡くなられたのは一ヶ月前で、葬儀は王族だけで秘めやかに遂行されました。ドハ国王のご指示により、あえて連絡をしませんでした」

「…それは、なぜですか？」

百合菜は不審な表情で、身を乗り出す。

「米国での飛行機事故はエンジントラブルが原因だったのですが、事故を装ったテロではないかという疑念がありました。そこで米連邦政府が管轄している国家運輸安全委員会が調査を行っていたからです。そんな混乱の中、次の王位継承者である百合菜王女と波留王子を自国に迎えて万一のことがあっては…ということですね。ならば隣国にいても情報が入らなかったことは納得できます。それで…調査結果は？」

「なるほど。だから事故の調査結果が判明するまで内外にも公表しなかったということです

「はい。事故から二十日《はつか》ほどで検証を終え、結果エンジントラブルによる事故だと断定されました。その後、国民にも王太子ご一家の事故死が公表され、急ぎ国葬が行われました」

「できれば呼んでいただきたかったですわ」

「申し訳ありません。事故とはいえ突然の訃報で国内はとても混乱しておりました。そんな中、次期王位継承者を招くのは危険だと判断した次第です」

諸々のすべてを終えてから、ドハ国王の秘書が日本に遣わされたというわけらしい。

「百合菜王女、恐れながら…私が今日、来訪した理由がおわかりでしょうか？」

百合菜は波留と目を合わせたあと、小さくため息をついた。

「ええ、残念ながらわかります。あぁ…でもまさか、母の懸念が現実になるなんて…」

秘書は、巻物の形状をした一通の念書を差し出した。

「ドハ国王から、百合菜王女と波留王子にご覧いただくようにと遣わされました。どうぞ」

百合菜は覚悟を決めたように巻物を紐解《ひもと》いて開くと、それを読み始めた。

母エルハムが日本人と婚姻して国家を離れたいと懇願した時、ドハ国王が娘と交わしたそ

の念書には、大まかにこんなことが書かれていた。

『万一、王太子が落命した場合、エルハム王女とその最初の嫡子は即座に帰国し王位継承者となる』

エルハム王女の最初の嫡子というのは、百合菜のことだ。

「ご存じでしょうが、カディル王国では性別に関係なく、最初に生まれた嫡子が王位を継ぐため、王太子ご家族全員が亡くなられた今、エルハム王女の嫡子である百合菜王女が法的に王位継承権第一位となられるのです」

「ええ。そのようですね……ならば帰国の件、承知しました」

あまりに淡泊な二つ返事で姉が了解したことに、波留は驚いて目を見張った。

「え？　嘘でしょう？　姉さん…そんな簡単に」

有事の際には帰国を迫られることは生前の母から聞かされていたため、選択の余地がないことはわかっているが…。

「いいのよ波留。私はカディル王国に帰還いたします」

とはいえ、波留は本当に信じられない思いだった。

短期間の旅行に行くのとはワケが違うからだ。

「そうですか！　ありがとうございます。百合菜王女のご英断に感謝いたします」

秘書はこれほど話が早く進むことが想定外だったらしく、安堵した顔で頭を下げた。

かくして、百合菜は王位継承者としてカディル王国に帰還することとなった。

「恐縮ですが、百合菜王女にもう一つ伝言がございます。最近、ドハ国王はお歳《とし》のせいで体調が悪く、一刻も早く後継者の結婚相手を決めたいとのお心です。そこで…」

秘書が言うには、数日前に急きょ決まった花婿候補者と百合菜は一ヶ月をともに過ごしたあと、カディル王国内で婚約を発表することになるらしい。

「え？　それもまた……ずいぶん急なお話ですね」

突然帰国を迫られた上、すでに結婚相手候補まで決められているこの状況。

百合菜の動揺が計り知れないことは、秘書にもわかっているはずだろう。

「そんなことあんまりです！　姉さんにだって結婚相手を選ぶ権利があるはずです」

思わず波留は意見したが、百合菜はそれを制し、すべてを納得した顔でうなずいた。

「改めてうかがいますが、すでに…私の花婿候補は決まっているのですね？」

「はい。お相手は、隣国ラシム王国のナディム第四王子でいらっしゃいますが、まだ国王とご本人との間で、内密でお話を進めております」

「……わかりました。ですが、あまりに急なことですので、私も身辺の整理があります。その時間をください」

「もちろん承知しております。ドハ国王から一週間後の今日、百合菜王女をカディル王国にお連れするよう申し遣っております」

ディンは、もちろん波留王子も望めば帰還を歓迎するとつけ加えた。

「でも、一週間だなんてそんなの無茶です。姉にもう少し時間をくださいませんか？」

「波留王子、残念ながらそれは承伏できかねます。一週間後の今日、お迎えにあがります」

念書には、有事の際は即刻帰国する旨が記載されていた。

ディンは都内にあるホテルに滞在して、百合菜の帰国に同行すると言って帰っていった。

「あぁ。どうしよう。もっと時間をかけて説得するはずだったのに…緊急事態だわ。急いで話を進めなきゃ」

秘書が帰ったあと、めずらしく百合菜はあせった様子で独り言を漏らした。

「……え？　あの、姉さん。話を進めるって、いったいなんのこと？」

「あ！　いえ…ごめんなさい。仕事の話よ。波留、悪いけど電話をかけたいから、あとで話をしましょう」

百合菜はあわてた様子でそう断ると、急いで自室に籠ってしまった。

そして、波留は一人残されたソファーの上で頭を抱えてしまう。

「信じられないよ…こんなことになるなんて」

ずっと一緒に暮らしてきた姉が、あまりにも突然、異国で生活することになるなんて。

今、波留自身は異国のさまざまな文化や舞踊に興味があり、バラディ舞踊を教える立場にある。

いずれはカディル王国に滞在して本場のダンスも学んでみたいと希望していたが。

「姉さんはどうなんだろう？　日本でやりたいことだってあるだろう。それなのに…」

およそ一時間が経過したあと、百合菜はいくらか落ち着いた顔つきで応接室に戻ってきた。

「姉さん、電話は終わった？　長かったけど誰にかけてたの？　父さん？　会社？」

「…そうね。まず父さんだけど、私がカディル王国に帰還することは承知してくれたわ。まぁ普段から父さんも出張で家にいないしね。でも年に一回は顔を見せると約束したから」

「そう…僕もだけど、父さんも寂しいだろうね。でも、こうなる覚悟は母さんと結婚した時から父さんの中にはあったのかな？」

「おそらくね。それで、ちょっと波留に…重大なお願いがあるの。実はね…」

たいそうな前置きから姉の放った次の言葉に、波留は度肝を抜かれて放心してしまったが、すぐに目を剝《む》いて猛反対を始める。

「そんなの絶対に無理だよ…できるわけない！」

「どうしても片をつけなきゃならないことがあるのよ。だからお願い。必ず一ヶ月で決着させてカディル王国に戻るから、その間だけ私の身代わりになって」

二人の容姿は双子といっていいほど、そっくりだが…。

「無理無理無理！　絶対バレるって。それに、しっかり者の姉さんの代役が僕に務まるわけないし」

「できるわ！　たった一ヶ月だけなんだから。それに、国王にさえバレなければいいのよ」

「なら姉さんがまず帰国して、直接おじい様を説得してきてよ。一ヶ月だけ帰国するのを待って欲しいって」

「馬鹿ね波留。いったんカディル王国の地を踏んで、二度と出られなくなったらどうするのよ。私、祖父とはいってもおじい様の本当の気質なんて知らないんだから」

「それは、そうだけど…」

拒絶したかったが、わずか一ヶ月後には政略結婚の相手と婚約させられる姉の苦悩を思うと断れなかった。

「うん…わかった。一ヶ月間ってことなら、なんとか代役を務めてみるよ。でも遅れたりしないで戻ってきてよね」

「ええ。婚約発表の日には絶対に間に合わせるから。でもね、頼んでおきながら私も正直なところ不安なの。波留は優しいし芯も強いのに、押しに弱いっていうか…流されやすい面が多々あるから…」

「まぁ…そうだね。流されやすいのは否定できないけど。でも頑張るから心配しないで。それで、姉さんのやらなきゃならないことは仕事なの？　さっき部屋で電話していた相手は父さんだけじゃないよね？　よく出張していたラシム王国での仕事関係？」

「え？　あ～、うん。そうかな…まぁいろいろあって。でもその……本来なら隠さず話したいけど、波留は嘘がつけない素直な性格だから、下手に秘密を持っていると顔に出るでしょう？　だから今はあえて話さないの。それに…波留によけいな心配もかけたくないし…ごめんなさい」

確かに姉の言う通り、波留は正直な性格だから隠しごとは苦手だった。

「わかったよ。仕事のことで、なにかややこしい事情があるんだね。なら僕は知らなくていいよ。一ヶ月の間に、ちゃんとやり遂げられるよう頑張って。で…話は戻るけど、姉さんは本当にいいの？　政略結婚のこと…」

「うん…そうね。でも実は、ちょっと私に考えがあるの…だから、波留はあまり深く考えないで」

「……わかった。けどさ、結婚相手がナディムなら、まだよかったよ。僕は小学生だったけど覚えてる。すごく優しかったよね？」

「ええ、その上賢くてハンサムだったわ。でもナディムのことなら、波留の方がよく知ってるでしょう？　カディル王国に滞在していた夏休みの間、ずっと遊んでたわよね？　ほら、弟のファルークと三人で」

「うん、そうだった。ナディムは物知りで優しくて、ファルークはまだ小さかったから泣き虫だった」

「ふふふ、覚えてる。ナディムは波留より三つ年上で、ファルークは一つ年下だったわよね？　そう言えば波留は、その二人の王子から帰国前に求婚されてたのを覚えてる？」

「は？　え～、まったく覚えてない。いつも一緒に遊んでいたことは覚えているけど…まぁ、そんなの子供の戯《ざ》れ言だって。僕は男だし、結婚なんてあり得ないからね」

波留が欧米人のように両肩をすくめてみせると、百合菜は人差し指を目の前で横に振ってみせる。

「ねぇ、波留は知らないの？　カディル王国の周辺国家はハーレムも同性婚もありなのよ。そう考えると、実は二人とも本気だったのかも？」

「あははは、そうなんだ。ぜんぜん知らなかった。でも、僕らに関してはあり得ないって」

「そうかしら？　まぁいいわ。でも、いくら子供だったとはいえ波留に求婚したナディムなら、私の身代わりだってことがバレても協力してくれるわよきっと」

百合菜は波留の両手に手を置いて断言するが、その自信がどこからくるのか波留にはまったくわからない。

それでも、なぜか妙に説得力があるのは、やはり姉の天性の話術なのだろう。

「協力、してくれるかな…？」

「絶対してくれるわ。保証する！　私を信じて…ね！」

「なに…その妙な自信？　なんか裏工作でもしてそうで怖いって」

単純な波留のその言葉に深い意味はなかったが、百合菜は含み笑いを見せた。

そのあとで急に真顔になると。

「ねぇ波留。今だから訊《き》くけど…いいかな？」

「なに？　ずいぶん改まって。姉さん、なんか変なの」

「ごめん。あのね…波留はさ、本当に今もまだ、カディル王国に滞在した最後の数日間のことを思い出さないの？」

「え？　あの…それってなんのこと？　向こうで僕になにかあった？」

「……ううん、ごめんなさい。なんでもないのよ。じゃあ波留、わたしの身代わりをよろしく頼むわね」

「うん。僕は姉さんみたいにしっかり者じゃないけど、できる限り頑張る！　任せて！」

「そうそう。あなたのいいところは、頑張り屋さんってことよね。ありがと波留。私も必ず一ヶ月で戻るからね」


かくして一週間後、波留は母の形見の民族衣装に身を包み、姉に化粧を施してもらって一路、カディル王国へと飛び立った。

その外見は、おそらく誰が見ても百合菜王女にしか見えないだろう。

日本を発って数時間、専用の小型飛行機はようやくカディル王国の領空に入った。

波留が機内から眼下を見おろすと、都市部の周囲はほとんどが荒野だったが、その中にゴツゴツした岩盤が剝き出しの岩山がいくつも点在しているのが見える。

その中で、岩盤で形成された山の頂に立派な寺院が建っているのに目が留まった。

なぜかわからないが、その寺院に見覚えがある気がする。

「どうしてかな？　僕は…あの赤茶けた岩山に登ったことがある気がする。滞在してた時は、危険だからって王都から一歩も外に出なかったはずなのに」

やがて飛行機は荒涼とした砂漠に造られた滑走路に無事着陸した。

そして、波留は膝の上で拳を握って気持ちを引き締める。

「さぁ、いよいよだ」

絶対に正体がバレないよう、ちゃんと姉さんになりきってみせる。

案内人である国王秘書につき添われてタラップを降りると、そこには王家の関係者と軍隊の兵士らしき数十人が整列して迎えてくれた。

彼らから歓迎のあいさつを受けたあと、波留は王女を送迎するために用意された高級外車に乗車し、ドハ国王に謁見するためさっそく宮廷へ案内されることになった。

幸いにして、波留は容貌や背格好、声まで百合菜と酷似しているため、迎えに来た宮廷関係者に身代わりだと疑われることもなかった。

言葉の面でも、カディル王国の言語が堪能な波留にはなんの問題もない。

宮廷に到着したあと、いよいよ謁見の間に通された波留は、ひどく緊張しながらもドハ国王の前で優雅に会釈をしてあいさつをした。

こういった基本的な礼儀作法は、美しい動きを追究する舞踊に通じるものがある。

だから波留の歩き方や会釈は品があって華麗に見えた。

「おぉ百合菜、よく戻ってくれたな。日本からの長旅でさぞかし疲れたじゃろう。今宵はゆっくり休んで明日の王位継承権の承認式典と歓迎の宴に備えてくれ」

久しぶりに会ったドハ国王は老いはしたものの威厳のある風体は相変わらずで、王を前にしてに自分の正体がバレないかと冷や冷やしたが、なんとか乗りきった。

その後、王女の侍女を任じられた宮廷付きの女官を紹介された。

「初めまして百合菜王女。私は貴女様の身辺のお世話を申し遣ったマーナです。なんなりと申しつけくださいませ」

それから、侍女につき添われて王女の居室へと案内された波留は、思案した結果、これから長い時間をともに過ごすことになるマーナにだけ、これまでの経緯を話して自身の正体を明かした。

最初、彼女はひどく驚いて困惑した様子だったが、同じ女性として突然人生のすべてを変えられた百合菜の心痛に共感を示してくれた。

「あの…それでは波留王子様、ドハ国王の最近のご様子ですが、ご高齢のため目も弱っておいでです。おそらく身代わりだと気づかれることはないと存じます。百合菜王女が戻られるまで、私も秘密を遵守して協力いたします」

「ありがとうマーナ。あと、波留王子とかやめてよ。僕のことは波留でいい」

「では、波留様で…」

さすがに呼び捨てではできないとマーナは苦笑した。

「う〜ん…わかった。じゃ、それで手を打つよ」

今日初めて会ったが、彼女は美人で賢く、そして慈悲の心も持ち合わせているようで心強い。

「それに、国王は厳格な方ですがとてもお優しく、親族に対する理解も愛情もおありです。

エルハム王女のことは離れてもずっと心に留めていらっしゃいましたよ。もちろん、お二人のことも」

確かに毎年欠かさず、誕生日にはドハ国王から手厚いプレゼントが届けられていた。

それに、なぜかナディム王子とファルーク王子からも毎年、プレゼントとともに、波留に会いたいといった熱心な手紙が届いていたことを思い出す。

「奥の扉が寝室。そして手前がバスルームになっています。では波留様、湯浴みのお手伝いをいたしましょうか？」

「ありがとうマーナ。今夜はもういいよ」

「はい、それでは下がらせていただきますが、なにかご用がありましたらお呼びください」

マーナが退室したあと、波留は室内にあるバスタブでゆったりと湯浴みをした。

浴室の白大理石の壁に描かれた模様を眺めてみると、植物の蔓《つる》が幾何学的に重ねられていて、その繊細さに目を奪われる。

中央に描かれている花は、すべて単色の陶磁タイルをカットして貼られていた。

「この宮廷の建物もすごかったなぁ」

高い赤砂岩造りの塀で覆われた広い宮殿の東側には政が行われる公的な空間があり、中央部分には王の私的な部屋が。

そして西側では主に使用人たちが暮らしている。

手入れが行き届いた広大な中庭には薔薇《ばら》やヒヤシンスなどといった花が咲き誇り、池や休息所、武術練習場などもあった。

宮廷の内部は外装、内装ともに芸術的な技巧の造形美を見せているが、使い勝手を考えて上手い具合に近代化もされている。

宮廷のどの部屋もバスルームは大理石でありながらも、温度調節のできる湯が出るし、全室が天井ダクトで繫《つな》がっていて一括で空調管理がされていた。

旅の疲れを熱い湯でゆっくり癒したあと、波留は立派な天蓋のある寝台に横になってみる。

「うわぁ。すごいなぁ」

四隅の柱にもタイルで蔓と花の模様が描かれている。

「まるでお姫様の寝室って感じ。すごいなぁ」

なんとか気分をあげようとした波留だったが、やはり明日の式典と歓迎の宴のことを想像すると、なかなか眠れなかった。


翌日、波留が想像していた以上に、式典も宴も盛大だった。

思いがけず、ドハ国王と二人の王子の前で伝統舞踊を披露することになった波留だったが、それが大いに功を奏した。

最初は外国の血が混じった王女が王位を継承することを快く思っていなかった王族や民衆も、波留がカディル王国の文化や芸術を熟知していることを知って態度が一変した。

そして、波留扮する百合菜王女は、カディル王国、王位継承権第一位の後継者としてドハ国王に承認された。

同時に、新たな事実も判明した。

百合菜の花婿候補は波留とも面識がある隣国の王子、ナディムだったが、それだけではなかった。

彼の弟であるファルーク王子も、自ら百合菜王女の花婿候補に名乗りをあげたのだ。

そして波留は一ヶ月の間、三人で過ごすために用意された離宮で蜜月を過ごしたあと、どちらを結婚相手に選ぶかを決めるのだと国王に命じられた。


「あぁ。困ったな。どうしよう…」

今夜の波留は、離宮の地階にある天然の温泉で、マーナにつき添われて湯浴みをしている。ドーム型の天井には明かり取りの窓があって、地階でも明るい工夫がなされていた。

「波留様、お湯の加減はいかがですか?」

「うん。ちょうどいいよ」

古代ローマの浴場にも見られる、タイルパネルの貼られた浴槽にゆったりつかると、ちょうどいい温度と白濁した天然温泉が疲れを癒してくれる。

波留は日本でも温泉施設が大好きで、旅行に行く時も源泉のある旅館を探して宿泊するのが楽しみだった。

「でも、本当に今日は大変だった…」

「はい。でも、今日の波留様はスピーチもダンスも完璧《かんぺき》でしたわ」

マーナが褒めてくれるのに気をよくして、波留は激動の一日を振り返る。

ドハ国王の歓迎の言葉には感動したが、それより気になって仕方ないのは二人の王子のことだ。

これから一ヶ月の間、自分はナディム王子とファルーク王子とともにこのアザハの離宮で蜜月を過ごし、二人の花婿候補からどちらかを選ぶ。

実際に婚姻するのは百合菜なわけだから、自分の役目はどちらが姉の婚約者として相応しいかを見極めて姉に伝えればいいのだろうが…。

でもそれは責任重大だし、できれば自分が判断をくだす前に姉に戻ってもらわないと困る。

「はぁ…姉さんには、一刻も早く帰ってきて欲しいよ」

「波留様のご心労、お察しいたしますわ」

マーナは共感してくれる。

「うん。身代わりを務める一ヶ月間がすごく長く思えて憂鬱だよ。でも、実際に政略結婚させられる姉さんは、僕よりずっと辛《つら》いに違いないんだろうけど…」

マーナは、その発言にはただ苦笑しただけだった。

「さぁ波留様、今夜はお身体を洗わせていただきます」

「え？　いいよ。そんなの自分でできるから」

「いいえ、今夜は特別なのですから」

何度も断ったが、波留は全身を隅々まで洗われてしまい、その上、甘い匂いのサラリとした香油を肌に塗られた。

「さぁ、これで初夜を迎える花嫁の身仕度は整いました。では波留様…ご幸運を」

この時、波留はまだ知らなかった。

今宵、己の身に起こる未知のできごとを。

「あの…うん。ありがとう。まずは姉さんのことを正直に話して、協力してもらえるように説得するよ」

そして波留は、純白の紗の夜用ドレスを素肌にまとい、二人の王子が待つ寝所に速やかに案内された。

「波留様、この扉の向こうでお二人がお待ちでございます。では私はここで失礼いたします」

「うん。ありがとうマーナ…」

意を決し、恐る恐る波留が扉を開ける。

広々とした室内の装飾や家具は見たこともないほど豪華で、技巧的なものばかりだった。

特に窓際に置かれた天蓋のついた寝台は、歴史的にも非常に価値があると想像がつくほど見事な造りをしている。

四隅の柱は浮き彫りの施された金地でできていて、上部から天蓋にかけてはエメラルドとルビーといった宝石がふんだんにはめ込まれている。

テーブルに置かれている水差しは、水晶をくり抜いて形成されていて、そこには真珠と軟玉が文様のアクセントに飾られて輝いていた。

棚にはガラスの釉薬《うわぐすり》を焼きつけた七宝細工の金属器や、真鍮《しんちゅう》に象嵌《ぞうがん》装飾が施された凛々《りり》しいグリフィンの置物などが飾られていて目を惹く。

波留が息を呑《の》んで室内の工芸品を見渡していると、奥の長椅子に座っていたナディムとファルークが、待ちきれないとばかりに足早に波留の前に歩み出てかしずいた。

「百合菜王女、お待ちしておりました」

これほど近くで成長した二人を見るのは初めてだったが、遠目でもハンサムだと思っていた彼らは、それ以上に見目麗しい。

彼らが着ている夜用の召し物も、波留にとっては異国情緒あふれる衣装で目を奪われた。

ナディムの碧い瞳が、燭台の明かりでサファイアのようにきらめいて胸が鳴る。

「王女様には、いたく久しゅうございます」

なぜだか心臓の音が鼓膜まで響いてきて、ドキドキが止まらない。

もし自分が女性なら失神してしまいそうだと思った波留だが、あわてて気を引き締める。

「今宵、わたしたちが王女と…」

「あ、あの！　っ…ちょっと、待ってください」

波留はナディムの儀礼的なあいさつを制すると、ためらいながらも話を切り出した。

「じ、実は…その…。聞いて欲しいことがあります。大事な話なんです…」

王子たちに、姉の心痛や状況を理解してもらうため、波留はこれまでの経緯を順を追って丁寧に話し始める。

途中、怒って退室されるかもしれない非礼な事態に、罵詈《ばり》雑言を浴びせられる覚悟もしていたが、二人の王子は意外なことにひどく冷静に最後まで話を聞いてくれた。

「本当にごめんなさい。結果的に、あなたたちを騙《だま》すことになってしまって…どうか許してください」

波留が真摯に謝罪して頭を下げると、ファルークから信じがたい答えが返ってくる。

「波留王子、俺たちは最初に会った瞬間にわかっていました。貴方が百合菜王女ではなく、波留王子だということを」

それはナディムも同じようだった。

「ええ、いくら容姿が似ているとしても、我々が波留王子を見間違えることは絶対にあり得ませんから」

「えっ！　あの、では最初から…僕の正体がわかっていたんですか？」

驚いたことに、彼らには完全に波留だと見破られていたようだ。

いわゆるポカンとした表情のまま、次の言葉を模索している波留とは対照的に、ひどく感激している様子のナディムにいきなり抱きしめられる。

「わっ…えぇっ？」

「あぁ、本当に波留王子なんですね。わたしはずっと貴方に会いたかったのです。神に波留王子に会いたいと願い続けていました。きっとこれは、あの時約束を交わした貴方と添い遂げるため、神が導いてくれたのでしょう」

「あの…」

約束って、なんのことだろう？

それに、自分が姉でないとわかったのに、どうして神の導きだなんて言うのかな？

二人のどちらかは、一ヶ月後には百合菜の花婿になるはずなのに。

波留は不安になると、子供の頃からのクセで胸のペンダントに触ってしまう。

どういうわけか、こうすると心が落ち着くからだ。

「波留王子、これから貴方のことは王女と呼べばいいでしょうか？」

ファルークが尋ねてくるが、とんでもない。

「まさか？　そんなの慣れなくて困ります。僕のことは昔のまま、波留でいいですよ」

愛おしげにナディムがうなずいた。

「では、我々だけの時は波留とお呼びして、皆の前では王女と呼ぶようにいたします」

「あ…うん。わかりました。それと、敬語もいらないです」

「わかった。そうしよう。では波留も同じように俺たちに敬語は使わなくていい」

「うん。その方が昔みたいでいいね─」

ファルークは敬語を使わないことを納得してくれたが、ナディムは…。

「わたしはそうはいきません。これはわたしの性分なんですよ」

確かに子供の頃から、ナディムは礼儀正しい子供だった記憶が波留にはある。

彼の説明によると波留は嫡子だが、自分たちは側室の子だから身分は波留の方が上だそうだ。

「そう言えば波留、そのペンダントは我々との約束の証でしたね。今もつけてもらえているなんて光栄です」

確かにずっと肌身離さずつけていたが、なぜ大事なのかという理由は覚えていない。

ただ、誰かとの約束だったことだけは覚えていた。

というのも、波留は十歳当時、カディル王国に母と帰省していた一ヶ月間のうち、最後の十日ほどの記憶があいまいになっている。

「あの…約束って、なんのこと？」

その問いに、ナディムとファルークは意表を突かれたように目を見合わせる。

「エルハム王女からも波留の状態のことはうかがっていたが、まさか……十五年経《た》った今でも、まだあの時のことを思い出せないのか？」

知りたいと思った。

「ねぇ、なにがあったの？　ファルーク、教えて」

「それは…」

彼が口を開こうとすると、すぐにナディムが小声で牽制《けんせい》する。

『待てファルーク。あの時釘《くぎ》を刺されたのを忘れたのか？　医師に言われただろう？』

だが波留には聞こえないほど小さな声で…。

『それはそうだが…』

『ダメだ。ショック性の強い外傷性ストレスは、無理に記憶を引き出そうとすれば状態が悪化してトラウマの後遺症になる』

結局、二人の会話は少しも聞き取れなかった。

その後、彼らはその件については示し合わせたように口を閉ざしてしまって、波留がいくら尋ねても教えてもらえなかった。

「波留、話を戻しましょう。身代わりのことは安心してください。わたしたちは波留と百合菜王女に最大限、協力いたします。ドハ国王や秘書、執事にもバレないように注意しますので。でも、侍女のマーナが理解してくれたのは幸運でしたね」

「そうなんだ。あの…ナディム、ファルーク。本当にありがとう…姉さんは一ヶ月後の、婚約発表の前には必ず戻ると約束してくれたから」

ドハ国王の性格を鑑みて、二人の王子も今は内密に身代わりとして離宮で過ごし、百合菜が帰国した時点で上手く入れ替わればいいと助言をくれた。

「だから波留は、なにも心配することはないんだ」

「ただ…一つだけ注意申しあげると…波留が自分を百合菜王女の身代わりとしてふるまえば、自然に態度にも出てしまうでしょう。だから、あくまで自分が本物だと思って我々二人のうち、どちらを結婚相手に選ぶかを吟味しながら一ヶ月間をお過ごしください」

「え？　でもっ…僕は姉さんじゃないんだから、そんなの無意味だよ」

ナディムが信じがたいことを提案したが、ファルークも意気揚々と賛同する。

「いいじゃないか。我々は二人とも本気なんだから。こちらとしても波留を百合菜王女として本気で愛してやる」

だが波留はまだ、二人の本気がどの程度なのか気づいていない。

「波留、これからの一ヶ月、貴方にとって一生涯忘れられないほど甘い蜜月にしてあげます。刹那のこの時を謳歌《おうか》しましょう。愛しい我々の花嫁」

「花嫁だなんて…そんなの、まだ」

「いいや、アザハの離宮は新婚夫婦が過ごす場所。だからすでに、波留は花嫁なんだ」

「………そうなんだ。わかった」

なぜだか不明だが、二人ともこの危機的局面を楽しんでいるようにさえ見えた。

まるで波留自身が、本当に二人の王子のどちらかと婚約をするみたいに聞こえるのは、気のせいだろうか？

「あ…あの。お互い本気で蜜月を過ごす気持ちでいくのはわかったけど、でも僕は女性じゃないから…実際に蜜月なんてあり得ないよ。男にはその…そういうのは無理だって…」

今の発言が、日本で二十五年間生きてきた波留にとっての常識。

「なにをおっしゃいます。波留は代理を務めることを百合菜王女と約束したのでしょう？　ならば、王女が務めるべきすべての役目をきちんと果たすべきです」

「なぁ波留、この国では同性の恋愛は禁じられていないんだ」

「え…ええ？」

それってまさか、男の僕でも二人に抱かれるってこと？

いやでも…まずいよそんなの。

本気で蜜月を過ごすっていうのは、やっぱりセックスも含めてって意味？

「ダメだよ。だって結婚前なのにその…そういうこと、先にするなんて…」

波留の道徳観からすると、婚前交渉なんて御法度《ごはっと》すぎるし、しかも二人は姉の婚約者候補だ。

「この地方では普通の習慣なんだ。要するに夫婦生活には、心の相性と同様に身体の相性も重要だと考えている。だからその相性を婚姻の前に確かめるってことだ」

気のせいか、二人の身体から雄の匂いがしていた。

どうしよう…怖い。

「ナディム、ファルーク。そ…んなの、やだよ。僕には無理だって」

波留が半分泣きながら懇願する。

ここは情に訴えるしか逃げる道はないと判断したからだ。

だが、交渉術に長《た》けたナディムに、見事に切り返される。

「いいですか波留、我々は重大な秘密を共有する運命共同体なのです。貴方を徹底的に百合菜王女として扱うことができなければ、やがて誰かに疑惑を持たれるでしょう」

確かにナディムの言う通りだと思った。

身代わりを務める自分もだけれど、彼らとしても百合菜王女から花婿に選んでもらうために本気で接していなければ、そのうち周囲の誰かに気づかれてしまうだろう。

「蜜月を過ごすことで互いに深い信頼も生まれるだろうしな。それに、蜜月を過ごしている花嫁は色気が増すらしいから、嘘をついても周囲にバレるぞ」

「…そんな」

「大丈夫ですよ。なにも怖いことはありません。ただ、気持ちよくしてあげるだけです」

どうしよう。

これって、まるで優しい脅し文句みたいに聞こえるけれど。

「実は、わたしたちは貴方とこの蜜月を迎えるため、しばらく禁欲していたのです。だからもう我慢なんてできませんよ。さぁ、いらっしゃい」

礼儀正しいナディムだったが、意外に押しが強いことを知った。

「そんな、だからっ…僕は男だし。それに、やっぱり実際に花嫁になる姉さんに悪いよ」

波留は往生際が悪く、なんとかこの事態を回避しようと必死で食い下がるが…。

「百合菜王女のことなら心配ないのです。なにも心配いらない。いいですね」

「え？　それ…どういう意味？」

ナディムの確信めいた言い方が気になる。

「もう黙れ。俺たちのことを忘れられないくらい、いやらしい身体にしてやるから」

ぶるっと肌が甘くさざめいた。

「そ、そんな…」

尻込みしていると、左右から伸びてきた手に腕を摑《つか》まれる。

振りほどきたいのにできないのは、よく姉が言うように波留が流されやすい性格だからなのかもしれない。

「やだよ…こんなの無理。だって、恥ずかしい…」

それに、怖いし。

「恥ずかしいなんて、いずれ国家を統治する御方が誰に気兼ねするのです？　すでにこの部屋の近くは人払いをしています。ジュラもマーナもこの寝室には近づけませんから安心して声をあげて喘《あえ》ぎなさい」

「あ、喘ぐって！　そんなの…嘘だよぉ」

ファルークが天蓋の幕を大きくまくって縁の柱に組紐で留めると、ナディムに導かれて寝台の前に立たされる。

「波留、俺たちがどれほどこの時を待っていたか、今宵こそその身に思い知らせてやろう」

「覚悟してください。我々が何度も手紙を差しあげたというのに貴方はつれなくて、一度も返事をくださらなかった。そのせいでたまった積年の情熱を今夜受け止めていただきます」

背後からファルークに抱きしめられ、目の前ではナディムが微笑《ほほえ》みながら両手で頰を挟んでくる。

「あぁ波留…この赤い唇は、食べるとどれほど甘いのでしょう」

美貌の王子の妖艶な微笑は視覚的に波留を簡単に惑わせ、彼とのキスを想像したとたん、胸がきゅっとなって素直に反応した。

どうしよう。僕…変だ。こんなの…変だよ。

「ナディム、あ、あの…ちょっ…待っ。んん…」

小さな顔の輪郭を包む両手は愛撫《あいぶ》のように頬を優しく撫《な》で、顔を傾けたナディムの唇が波留のそれに重なる。

「んっ…ぅ」

しっとりと押し包むように合わさったそれは、厚めの可愛い唇の感触を味わうように食《は》みながら左右に移動する。

怖くなった波留の両手が逞しい胸を押し返すと、背後からまわってきたファルークの大きな手に手首を摑んで阻止された。

「ぁんッ……ふ、ぅ」

そのままナディムに優しく抱きしめられ、耳たぶのうしろをファルークの熱い息で愛撫されると腰がゾクッと震える。

「ふふ。今の反応、初々しくて可愛いですよ。わたしのキスに感じたのですね？」

違うと反論しようとしたら、すかさず歯列を割って舌が差し込まれた。

「ふぅ…んんっ。ナディム…ぁ。やだ。入って…くるよぉ」

大胆な侵入で波留の舌を探り出すと、戯《たわむ》れるように絡めてきて、逃げようとすると唾液《だえき》ごと強めに吸われて淫猥《いんわい》な水音が鳴る。

じゅっ……。

音にまで犯されているみたいで思わず身震いすると、今度は背後のファルークに耳全体を口腔《こうこう》に含まれ、舌で舐《な》めまわされた。

「あぁっ……いや…それ、ゾクゾク…する」

永い刻を待たされ続けたナディムとファルークだからこそ、今さら急《せ》くことはない。

波留が愛撫に感じて徐々に興奮してくるのを、ゆっくり待つ余裕を持って臨んでいる。

「波留、ファルークに耳を舐められて感じてきましたね？」

ナディムの掌が波留の頬から移って首筋を撫でると、皮膚の下にある頸動脈《けいどうみゃく》がドクドクと熱く脈打っているのが感じられた。

それは背後からうなじを味わっているファルークにも伝わってしまい、波留の高揚をつぶさに感じている。

やがて、吐息が甘く変化し始めたのがわかった。

わずかに開いたままの唇がしっとり濡《ぬ》れていて、羽化したての蝶《ちょう》がゆっくり羽ばたくように波留がまばたきをする。

「ふふ、可愛い…波留」

前から押し出すように腰が押しつけられ、硬い雄茎の存在をあえて知らされる。

「あ！　どうして…ナディムの、硬ぃ…」

「あたり前です。十五年もこの時を待たされたんですからね」

「兄上だけじゃない。俺もだ波留。俺のも、っ…こんなだ」

グッと尻の狭間《はざま》にガチガチの竿《さお》がこすりつけられ、そのままグリグリといやらしく前後させて嬲《なぶ》られる。

「あ…すごく、硬い。ファルーク…それ、ダメだって。ぁ…ちょ、やめて！」

怖くてたまらないのに波留の目元は紅を刷いたように色づき始めた。

無意識に漏れてしまった喘ぎをごまかすため、少し強めに拒絶を声に乗せる。

薄いシルクの夜衣の前紐がほどかれて肩が剝き出しにされると、衣は重力に従って床に落ちて細い足首にくしゃくしゃと絡まった。

「あっ！　脱がせちゃ、やだぁ」

自分だけが奴隷みたいに全裸にされたことが恥ずかしいのに、二人が与えるキスも愛撫ももっと濃密になって身体の芯がやわらかく蕩《とろ》けていく。

かすかに息を吞む音がして、二人は満足げに口角をあげた。

「可愛いよ。波留…」

誰かにキスされたり触られてこんなに感じるなんて初めてで、自分自身の変化に驚く。

今までの波留は、自分から女性を抱きたいと思ったことがなかった。

ベッドに誘われて一夜限りの時間を過ごしたことはあったが、いつも淡泊だと言われてしまう。

だからといって男性に興味がある性癖でもなかったが、街で筋肉質の逞しい身体の男性を見ると触りたい衝動に駆られたことが何度かあったのは事実だった。

もしかして…本当は、男性にこんなふうに肉体を思う様に嬲られたかったのだろうか？

キスや愛撫が気持ちよくて、さらにはそんな葛藤《かっとう》にさいなまれて思考がまともに機能しないうちに、気がついたら波留は冷たいシーツの上に仰向《あおむ》けに転がされていた。

左にはナディム、右にはファルークが添い寝している。

そしてファルークの手の中には、なにか得体の知れないガラスの瓶が…。

「あ…の。それは？」

王子たちは互いの掌にピンク色の粘度の高い液体を垂らし、少し掌で温めたあとで波留の肌を愛撫し始めた。

「あっ…や、なに…これ…」

とても甘い、まるで蜂蜜と薔薇を混ぜたような香りが空間に満ちていく。

やけに甘露で、興奮を助長させるような匂いに酔いそうになった。

「波留を気持ちよくさせるための香油だ。大丈夫、食用だから身体に害もないし心配ない」

「もちろん、舐めても大丈夫ですよ。ふふ…」

ナディムの意味深な言葉と笑み。

「え？　あの…舐めてもって？　どうして、舐めるの…？」

ほとんどわかっていて、でも訊かないともっと怖い。

「こうするんですよ」

ナディムは香油の洗礼をたっぷり受けた乳首を、いきなり舌先でぺろりとしゃぶった。

「うあ！　は、ぅぅん…」

乳首から敏感なヘソの周り、さらには腰の奥まで、まるで痺《しび》れるように電気が走った。

なにもかもが初めての経験なのに与えられるすべてが甘くて、波留の恐怖心を片っ端から消し去っていって困る。

「ふふ。気持ちいいでしょう？　波留」

波留がむずかるように左右に首を振ると、目尻にたまっている涙のしずくがまるで宝石のようにきらめいた。

「ぃや…だめだよ。ダメ…だめ…」

姉に誠意を示すのなら、この行為を断固として拒絶した方がいいのはわかっている。

なのに、視線を泳がせる程度の上っ面の抵抗しか示せなくて、本心が別にあることはもう見抜かれているようだ。

「いやなら本気で逆らわなければ俺たちはやめないぞ。波留が本当は欲しがっていることはわかってるんだ。だからやめられない」

息をつめているのは、声を出せば甘い音になることがわかっているから。

「ねぇ波留、こうなることは我々の運命だったんですよ。遠く離ればなれになったわたししたちと波留を、神がここに導いて結びつけてくれたんです」

こんな甘いセリフを寝所で言われたら、本気で抵抗なんてできそうにない。

この美貌の王子たちの寵愛を拒むなんて難しいし、香油の淫猥な香りに犯された頭はぼんやりして正常な判断をさせてくれない。

香りのせいだろうか？　甘い流れに逆らえない。

だめだ。姉さん…ごめんなさい。

僕、やっぱり流されやすい性格なのかもしれないよ…。

「波留の肌は本当になめらかで綺麗《きれい》だ。すべすべなのにしっとり掌に吸いついてくる」

「ぁ…あ。やぁ…触らないでっ」

わずかな抵抗を試みた瞬間、左右から両手首を取られて頭上に持ちあげられ、あらわになった脇の下や脇腹にまでくまなく香油を塗り広げられる。

「そこ、だめ…ぇ」

円を描くように脇腹からヘソ、二の腕の内側まで香油を広げられるとたまらなく感じてしまい、我慢できずに小さく喘いでしまって下唇をきゅっと噛《か》みしめた。

「悔しそうな顔はむしろそそられます。波留、とても可愛いですよ。ほら、そろそろ…ここも少し立ってきましたね」

波留の左右に陣取る二人は、示し合わせたように薄い胸を両サイドから同時に嬲り始めた。

ヌルヌルと掌をすべらせながら胸全体を撫でまわしているうちに、だんだんと乳首が反応してぴくんと尖ってくる。

「ほら、ピンクの乳首が果実みたいに紅くふくらんできましたよ。感じるのですね？」

二人の指先が争うように集中的に両乳首に絡み、摘《つま》んで撫でて揉《も》む。

「ぁ…ん！　ぁぁ、どうして乳首…なんか。男…なのに、僕…そんなとこ、感じないよぉ」

濡れたまつげが震えて、視線が頼りなくさまよう。

「強がりはおやめなさい。こんなに感じているでしょう？　ほら、男の指にもてあそばれているのに、この尖りようはなんですか？」

「やだっ」

それでも粘度の強い香油を塗られているので摘むことはできなくて、結局は乳首が頭を振って指から逃げ惑うようにしかならなかった。

「やぁ、…乳首、そんなにしないで…だめ」

「ご覧なさい。こんなに揉みくちゃにされても、貴方は感じているではないですか」

「…そんなこと、な…！　あ。ぁぁっ…あぁ」

「ほら、真っ赤に充血して悦《よろこ》んでるくせに。素直にならないと、もっとしてあげませんよ」

すっと指が離れていくとひどく物足りなさを感じてしまい、波留は自分にあわててしまう。

「あ…ぁ、ごめ…なさい。本当は、すっごく感じる…どうしよう。僕、乳首が感じて…こんなの恥ずかしいし。ダメだよぉ」

波留の初々しい反応のすべてが、雄の劣情を本能的に煽《あお》っていく。

そうやって乳首への愛撫は延々と続くかに思えたが、ようやくナディムがファルークに目配せをした。

「もっともっと波留の乳首をいじめてあげたいのですが、そろそろこっちの準備をしないといけませんね」

「え？　なに…？」

全身の力がくったりと抜けた波留の膝頭を二人の王子が両サイドからやんわり掴み、そのまま膝を曲げた状態で左右に押し広げてしまう。

「や！　ヤダ！　あぁぁぁ…やめて」

「どうして？」

まるで赤ん坊のように大きく足を広げた格好では、もう隠すものはない。

「今から波留の秘密を暴いてあげますよ。さぁ、ここも準備をしましょうね」

「いい子にしていれば痛くしないからな。ちゃんと波留と繋がるための準備をしよう」

あまりに恥ずかしい体勢に弱々しくも抵抗を続けていた波留だったが、【痛い】や、【繋がる】という言葉を聞き、ビクリと身体を揺らした。

「な…に、するの？　怖いよ。痛いのは、いやだ…」

男同士で繋がるために、想像通りのことをされるのだとしたら、絶対に痛いに違いない。

「初めてなんでしょう？　もちろん優しくしますよ。なんの心配もいらない」

「そんなの嘘だよ。絶対痛いよぉ」

怖くて怖くて、一気に涙の膜に覆われる瞳を見た二人の王子は、困った顔で涙のこぼれた波留の頬をついばんでくれる。

「大丈夫だ。泣かないで波留」

「痛いのはヤダよ…」

グズグズとぐもった声で訴えるそんな痴態は、男を煽るだけだと波留は気づかない。

「わかってますよ。痛くないように努力しますから」

「う…ぅぅ。そんなの…嘘、だよぉ」

懸命にいやだとごねてみたが、やがてファルークの濡れた指が想像していた場所の周囲を撫でまわし始め、その後、探り探り潜り込んできた。

「あっ…！」

香油のお陰で思ったよりスムーズな侵入だったが、強い圧迫感と違和感はぬぐえない。

「ほら、痛くないだろう？　香油に少し媚薬《びやく》も混ぜているから痛みはすぐに消えるはずだ」

「え…？　媚薬、って…なに？　や、ちょ…あ、中で…動かさないで。ぃ…あぁ」

最初は指一本だけの挿入だったが、内部で生き物のようにうねる指のせいで、波留は顔を真っ赤にして喘ぐ。

「は、ぁぁ…や…ぅん…ん」

信じられないけれど、奥に進んだ指が繊細な襞《ひだ》を引っ掻《か》くたびに身体の芯がほどけて熱を放ち始める。

こんなところを嬲られて気持ちがいいなんて自分では絶対認めたくないけれど、他に言いあてる言葉が見つからなかった。

「あぁ…ヤダ！　やだやだ。そんなところ…こするの…やめてぇ」

王女の寝所であるこの部屋に入る前、侍女のマーナにトイレに行かされ、湯浴みをして全身を綺麗に洗われたのは、こういうワケがあったからだとわかった。

全部を知っていたなら、あらかじめ教えて欲しかった。

そうしたらこんなこと、断固として拒絶したのに。

いや…本当にそうだろうか？

二人に抱かれるかもしれないと知っていたとしても、いざこんな愛撫が始まってしまえば抗《あらが》えずに流されてしまった気がする。

それほど二人の愛撫は巧みで、初めての経験なのに感じてしまって気持ちいいなんて…。

「さぁ、ずいぶん中もやわらかくなったが、傷つけないためにもう少し頑張ろうか」

丸出しにされた孔《あな》から少し指を抜いてそこに香油を垂らして足し、浅い場所も丁寧に広げて湿らせる。

「あん！　…ぅん…ふ……ぁぁ」

丁寧で熱心な愛撫を繰り返しているとやがて肉襞の反発が穏やかになってきて、それに気づいたファルークが少し強めに指を中で曲げると、急に甘い声がほとばしった。

「あぁぁっ！　今の…やだっ」

潜らせていた中指に人差し指を添えて二本の指を挿入する。

抵抗する襞を打ち負かすように強引に差し込んでから、孔を広げるために荒々しく抽送すると、波留の喘ぎ方が変わった。

「あぁ…うぅん」

どうしよう。なんか、気持ちぃい。すごく…いいよぉ。

頬が一気に紅潮し、脈が飛び跳ねる。

「ん？　これは…まさか」

波留の反応からなにかに気づいたナディムも、片眉を跳ねあげる。

「ええ、明らかに反応がよくなりましたね」

少し荒く責めたとたん、明らかに波留の感度がよくなった。

「もしかしたら、波留はそっち体質かもしれないな」

しばらく傍観していたナディムだったが、待ちきれなくて自らも小さな蕾《つぼみ》に手を伸ばし、一気に二本の指で侵入を果たす。

「やぁぁ…あぁ。だめ、だめぇ…無理。苦し……お願…二人ともは、無理ぃ…」

急に圧迫感が増し、二人の四本の指が内部で好き勝手に暴れて孔を存分に広げていく。

波留はまるで快感に飲まれたように、焦点の定まらない濡れた瞳で宙を見ている。

「さぁ、そろそろですね波留。受け入れやすいよう、お尻をあげましょうね」

そう言ったナディムが腰の下に枕を差し込んできて、まるで股間を捧《ささ》げるみたいな格好になる。

そのまま足首を摑んだファルークに、腰から折るようにして耳の横に膝がつくほど曲げられた。

「あぁ、こんなの…ひどい…」

すさまじく恥ずかしい格好を強いられている。

二人の王子に、初々しく咲いた秘孔を捧げるような体勢で固定された。

「やだ、恥ずかしくてもう死にたい…」

「綺麗だよ波留、お前のここは本当に綺麗だ」

ファルークが両手の指を孔の縁に引っかけて左右に引っぱると、ナディムがパックリ開いた孔の口に直接香油を垂らす。

「さぁ、指は何本も飲み込めましたから、今度はこれを…」

ナディムが手にしていたのは、象牙《ぞうげ》で造られた小振りな男根の張形だった。

「いやっ。そんなの…無理だよ」

「大丈夫。徐々に慣らしてあげますから。さぁ、入れますよ。お尻の力を抜いて」

象牙の冷たい先端が孔のとば口にあてられ、グッとカリの部分までが潜り込んでくる。

波留が反射的に括約筋を締めると、ファルークがゆったり身を起こして髪を撫で、キスをくれた。

「やぁ、ぁぁ…」

何度も頬をついばまれて優しいキスを繰り返され、甘さにうっとり酔いかけた瞬間、男根は内部にクププ…という淫音を奏でながら埋まってしまう。

「はぁぁ！　やぅ…ぁぁ。太い…よ。無理。もぉ、裂けちゃ…」

ナディムは突き刺した異物をそのまま放置し、手を引いた。

「ぁ…どう、して…」

無意識の蠕動《ぜんどう》運動のせいで、孔からはみ出た象牙の根元がビクビクと上下に揺れている。

「怖がらなくても大丈夫です。ゆっくり慣らしてあげますよ。このまましばらくは張形を頬張って、中がゆるくなるまで待ってあげますから」

「波留、俺たちを楽に受け入れられるよう、今度はうつ伏せになって獣の形に膝をつけるんだ。その方が挿入の時に抵抗が少なくなる」

少しでも痛みを感じないよう、波留は四つん這いになるべく懸命に身を起こしたが、その拍子に中の張形がゴロゴロ動いてしまう。

「あ、ぃあ。あ！　なに？　これ…動いたら……あたる。あたるよぉ。んぅ…」

「ゆっくりでいいから。ほら、そのまま膝を立てて獣の形になってごらんなさい」

「ぁ…あぁぁ。ふ…ぅ、く……。これで…いい？」

「上手だよ波留」

象牙を突っ込まれたまま四つん這いになった波留の背後に移動したナディムが、秘孔から突き出した男根の張形を摑んで前後に抽送を始める。

「うぁぁ！　ぅん。ふぅ…あぁ」

とたんに腰がうずいて唇の端から蜜のような唾液が垂れ落ちた。

「波留、どうですか？　象牙はなめらかで抵抗がないから痛くないでしょう？　ゆっくり慣らしましょうね」

確かに痛くはないが…。

「…けど。ぁ、ぁぁ…変な、感じ…が、するよぉ」

「いやですか？」

いやじゃない。いやじゃないから困ってしまう。

「すごいな。波留は覚えがいい。初めてなのに上手に中を締めたりゆるめたりできてる」

ファルークに赤裸々な状況を伝えられると、恥ずかしすぎて頭に血がのぼった。

そんなこと知らない！　わからない！

あそこがじんじんして、たまらないだけなのに…。

「やだよ、恥ずかしい…もう見ないでっ。そこ、もうやだっ。やら…って！」

二人にそんな局部を見られていることに肌が燃えあがり、舌足らずな拒絶が二人を誘う。

「それは無理です。だってあまりに可愛いから褒めてあげたいんです。貴方はわたしたちの大切な人だから」

優しい言葉とは裏腹に、張形の抽送は速くなる。

気持ちでは拒否したいのに、波留の腰はゆっくりと動きに合わせてうねり始めた。

それが自分で気に入らなくて首を打ち振ると、ファルークが前にまわってきて、頬や髪を撫でてくれる。

「あぁ…」

波留が飼い慣らされた犬のように大きな掌に頬をすり寄せると、可愛い仕種だと褒められた。

次いで、ナディムがファルークに目配せをすると、彼は別の張形を取って手渡す。

先ほどのものより、二まわりは大きな質感だ。

「波留、いい子だね…」

穏やかな抽送で甘い波に陶酔していた波留だったが、ぬるりと孔から異物が抜け落ちて我に返る。

「あ！　え…」

信じられないほどの喪失感に見舞われ、あまりの恥ずかしさから波留はそれを隠そうとしたが、孔の口がパクパクと開閉したことで二人にはバレてしまった。

「そんなにガツガツしなくても、すぐに埋めてあげるよ。波留」

「今度はもう少し大きい張形ですが…さぁ、上手にお食べなさい。力を抜いて」

「あ、いやっ」

冷たい感触がゆるんだ孔の口に触れ、そのまま一息に半分まで挿入されると、波留は四つん這いのまま身体を前に逃がす。

「波留、だめだよ」

「いや、いやっ…怖い。大きいのは、無理ぃ…」

背後から腰に手をまわしたナディムがグッと引き戻すが、波留は本能的にまた暴れてしまう。

中を傷つける恐れがあるので、ナディムはその白い尻たぶを軽く叩《たた》いてダメだと叱った。

「おとなしくなさい」

パンという乾いた音が鼓膜を震わせて、波留は尻から半分ほど張形を突き出したまま目を見開く。

見る見るうちに目尻に涙がたまって、頬からいくつも転がり落ちた。

「やだっ…ぁぁ。叩いちゃ…やだぁ」

「いいですか。貴方は仮にもわたしたちの花嫁になる立場なのです。そして、我が国では花嫁を躾《しつ》けるのは夫の役目」

いやだと言いながらも、明らかに波留の反応が変わってくる。

「いやぁぁ」

「だめだよ波留。俺たちは妻になるお前の身体を、夫好みに好きに調教できる立場にある。逆らわないでくれ。最後まで優しくしたいから」

確信を深めた王子たちは、もう一度、波留の尻たぶを軽く叩き、あがった甘やかな啼《な》き声に満足げにほくそ笑んだ。

「やだっ…痛ぁい。ぃやぁぁ…」

「ふふ…兄上、どうやら間違いないみたいですね」

「先ほど、そうかとは思いましたが、確信が持てましたね」

波留が潜在的なM体質であることを、二人は見抜いたようだ。

「それもまた一興。愛《め》でる楽しみが増えたというもの」

「ふふ、可愛い波留。わたしたちの初々しい花嫁…」

そうとわかれば、責め方も変わってくる。

「しょうがないですね。夫になる我々を満足させるのが波留の役目なのに。聞きわけのない花嫁には躾《しつけ》が必要です。さぁ、いうことを聞くのです」

グズグズと抵抗を続ける花嫁の尻を、ナディムはもう一度、軽く打ちすえた。

パンッ！

「やぁぁ！　お願い、ぶたないでお尻…やだっ。いうこと聞くから」

今度は大きな音が室内に響き渡って、一気に波留はおとなしくなった。

「いじめているんじゃない。お前が大事だから、ケガをさせないように抱きたいんだ。いうことを聞いて」

唇を噛みしめた波留の背中に、ナディムは愛おしげに唇を押しつけてキスをする。

まるで己の烙印《らくいん》を押すかのような、熱い感触だった。

ファルークも波留の涙に濡れた目尻を、何度もついばんであふれ続ける涙を吸ってくれる。

二人の王子は、波留を抱きたいという欲求が己の体内で一気に高まっていくのを感じた。腕の中にいる花嫁のことが欲しくて欲しくて、理性を自制できないほどの強い欲。

「いいですか波留。張形をゆっくり動かしますから」

「あぁ。だってそれ、大き…い。太いよぉ…中…苦しっ…ぅう、ふ」

男性とのセックスが初めての波留には、受け入れがたい質量の象牙の張形が、ゆっくりと根元まで花嫁を穿《うが》っていく。

少しでも苦痛を和らげてあげようと考えたファルークは、香油まみれの美しい肌を丹念に愛撫し始める。

「ぁ…ふ、ぅん…」

肩から腕、脇へと撫で下ろし、胸をたどっては何度も乳首をこすり倒す。

「あ、ぁ！」

ファルークの指にはゴシック調の太い指輪が左右の指に数本飾られているが、リングの縁をわざと乳頭に引っかけては、クリクリといじめてもてあそぶ。

「や、ん。乳首が…ぃや…それ、いやいやいや…痛い…」

「少しくらい、痛い方が感じるくせに。違うか？」

確かに波留の身体は、いじめられることで悦んでいる。

「ちがっ」

「嘘おっしゃい。貴方の中もビクビクしていますよ。ファルークにもっと乳首をいじめてもらいなさい」

四つん這いにされた波留の目の前にはファルークが、背後にはナディム。

二人の四本の手が、それぞれの動きで花嫁の肌を這いまわって嬲りつくす。

「やっ。ダメぇ…そこ、やぁぁ」

両乳首を指で器用に摘み、集中的に揉み込んでは指輪の飾りで乳頭を押しつぶす。

「ぁ。あぁ…はぁ…ぁん！」

香油のヌメリのせいで強い刺激にはならないが、逃げても逃げても容赦なく揉まれて、乳首から被虐的な快感が全身に広がっていく。

「波留は可愛い。本当にいじめられると感じる体質なんだな。乳首、もっとたっぷり遊んであげるよ」

「あぁ…乳首、もぉやぁ。だめだめぇ…」

拒絶の言葉とは裏腹に、波留の身体は自ら乳首を指に押しつけるように揺れ動く。

応《こた》えるように乳首をひねりあげられると、甘い喘ぎとともに腰が前に逃げて、ナディムにまた尻をぶたれた。

パン…パン。

「ぁひっ！　う、ぐ…いやぁ……また、あ！　いた…い。もぉ、無理。許して、許してぇ」

波留が無意識に中を締めて張形を押し出そうと頑張るたび、逆にもっと深くまで押し戻されて抽送され、歓喜の悲鳴がほとばしる。

「波留の乳首は素晴らしい。もうビンビンだ。初めてでこれほど乳首で感じられるなんて素晴らしい。しかも乱暴にするほど感度がよくなっていく」

「ふふ。やはり貴方はいじめられると悦ぶマゾヒストみたいですね。それなら、我々の躾け方もおのずと決まってきます」

「確かに波留はいじめられて喜ぶM体質らしい。なら、そういう扱いをしてあげるよ。俺たちが徹底的にマゾヒストとして開花できるよう調教してやろう」

「やだ、やぁぁ…ぁ、違う。僕は、マゾなんかじゃな…ぁ、ぅ…ひっ」

グッと乳首を強めにひねられ、波留は頬を真っ赤に染めながらまた嬉しそうに喘ぎ啼く。

「おっと、そんなに逃げたら象牙が抜けてしまいますでしょう。いけませんね。お仕置きですよ」

パン、パン…。

と、何度も尻たぶを叩かれて、肌がはかなく震えて波留は切なげに身悶《みもだ》える。

派手な音は鳴っているが、痛みのほとんどない叩き方をナディムは心得ているようだった。

それでも何度も叩かれると、白い尻は頬紅を塗ったように染まった。

「あひっ…いやぁ…ぶたないで、ぶたないでぇ」

「嘘ですね。中が満足そうにうねってますよ。さぁ…そろそろですね。ファルーク。わたしからでいいですか?」

「ええ、兄上からお先に食してください」

「あっぅう…ひぁあ。乳首…グリグリ、もぉやぁあ。お尻も、叩いちゃ…だめぇえ…」

「ならば遠慮なく…」

ずるるっと象牙の張形が引き抜かれ、奥までたっぷりと含まされていた香油が孔口から熱くほとばしった。

「はぁぁ…ぁう」

「いやらしい波留。子供みたいに、お漏らしをするなんて」

待ちきれないとばかりにガチガチに勃起《ぼっき》した肉棒を抜き出したナディムは、少しこすってさらに硬く大きく成長させてから波留のゆるんだ蕾に押しあてる。

「やぁぁ…なに？　それ、熱い。すごく熱いよぉ…」

さっきまでは無機質な異物だったが、血の通った肉の温度が波留をいっそう興奮させた。

「さぁ。貴方の処女をもらいます。可愛い我々の花嫁」

小さな蕾がくぱっと口を開き、逞しい雄をくわえ込んで迎え入れる。

「あ、あ…挿《はい》ってくる。挿って、くるよぉ…熱い熱い、熱いぃぃ…」

媚薬と張形ですっかり慣らされてしまったせいか、肉壁は熟れていて抵抗は少なかった。

全部を受け入れさせたあと、ナディムが充足の息を吐いた。

「ふぅ。波留…貴方の中は、なんて心地《ここち》がいいのでしょう。とても温かくわたしを包んで締めつけてくれますよ。あぁ波留。貴方は天性の淫乱だ」

感慨深くつぶやいてから、ナディムは細腰を摑んでいよいよ抽送を始めた。

「あぁっ！　ひぅ…ん…。やだぁ…動いちゃ、あぁぅ…ん」

いやだと訴えながらも、波留は無意識に腰を揺すってリズムを合わせてくる。

「初めてとは思えないほど快《よ》さそうだな。だが二人で愉《たの》しんでばかりいないで、俺も仲間に入れてくれよ。さぁ波留、口を開けて」

甘やかにまぐわう二人を傍観するだけのファルークが、我慢できずに己の剛直を握り出し、波留のやわらかい唇に押しあてた。

「やっ…ふぅ。な、にを…！」

「俺のも入れてくれ。波留の中に…さぁ、いい子だから口を開けるんだ」

いやだと何度も首を振ったが、背後で腰を使うナディムが背中にもたれかかってきて、不意に両乳首を同時にピンと弾いた。

「ひぃ。あふぅぅ…！」

派手に喘いでしまった瞬間、顎を掴まれて口を閉じられないように大きく開かれ、勃起しきったペニスを喉元まで突き込まれた。

「あぐぅう…ぅ、ふぅ…く…し…っ…ぅ、ふぅ。ぐ…」

太い肉棒は小さな口をいっぱいに占領し、波留は声を奪われて苦しげにうめく。

さすがに無茶をしたかとファルークが後悔しかけたが、ナディムは一気に中の反応がよくなってほくそ笑みながら言った。

「心配ないですよファルーク。やっぱり波留はマゾヒストです。口をふさがれたら中が急激に締まったようです。ほら、こんなにきつくて蠢《うごめ》いていますよ」

きつさに動きにくいため、ゆったりと竿で前後に揺さぶられ、波留はまた嬉し涙を流す。

「う、ぐぅ…ふ、ふぅぅ…」

「可愛い波留。さぁ、舌を俺のペニスに絡めて舐めながら吸ってみろ。もっと熱心にな」

ガタイのいい二匹の雄に前後からサンドイッチにされ、もみくちゃにもてあそばれる花嫁は、肌が燃えるように火照っていくのを感じる。

息さえ苦しいのに夢中になって舌を動かし、ファルークの巨大なペニスをしゃぶり続けた。

「んふ…ぐ、うぅぅ…ふ」

「なんだか妬けますね、波留。でも今、貴方の中を誰が満たしているのかを忘れないでくださいね。さぁ波留。わかりましたか」

また尻たぶを叩かれた。

パン…！

「あんっ！　いやぁ…痛い」

頬張っていたペニスが口からこぼれてしまうと、ファルークは小さな頭を利き手で掴んでまた喉の奥までくわえさせる。

さらにもう片方の手で、いじめ抜かれて真っ赤に熟した乳首を再びひねりまわし始めた。

「ふ～、ふぅ。ん！　ぃ…うぅんんっ…ぅぐ」

尻たぶをぶたれて乳首をこねまわされ、後孔を思うさま突かれて、ペニスまでしゃぶらさ

れる。

昇天しそうなほどの快感に、波留はすでに正気を失いかけている。

「あぁ、波留の小さなペニスがこんなに汁を垂らしていますね。いやらしい。どうして欲しいのですか?」

意地悪なナディムの問い。

「んぅ…ふぅ…あ、ぐ…触って。僕の、そこ…触って、こすって。お願い…」

イきたいのにイけない苦しさに波留は泣き濡れて身悶えるが、ファルークは納得しない。

「兄上、このままうしろだけでイかせましょう。挿入だけでイく快感を覚えさせなければ、いい花嫁には躾けられない」

「確かにその通り」

「それに、ゆくゆくは波留の乳首をもっと開発して、乳首だけでも射精できるように躾けたいものです」

「ファルークはなかなか厳しいな。でも、それにはわたしも賛成だ。ならば波留。夫の意見が一致したところで、やはりうしろだけでイってもらいますよ」

ナディムは蜜のようなしずくを垂らす波留の雄茎には触れもせず、激しい抽送を繰り返す。

「ぁ、ふぅ…ぐ、ぅぅ」

前後に揺さぶられることで、くわえさせられたファルークの剛直も口腔で抽送された。

三人の快感がシンクロして、今まで見たことがない頂まで一気にのぼりつめていく。

咽頭をふさぐ勢いのペニスに呼吸さえ奪われ、喉から漏れる酸素が卑わいな音を鳴らす。

波留の苦しげだが喜悦に満ちた淫蕩《いんとう》な表情を見ているファルークが、グッと腰を入れた。

「っ…ぅ…ぐ…っ」

あぁ、クる!

男に抱かれるなんて初めてなのに、相手の射精のタイミングがわかってしまう。

それでも、今の波留には備える術《すべ》はない。

喉と口腔が一気に熱い精子の洗礼を受けて咳き込むと、優しいファルークが素早く竿を抜いてくれた。

だがまだ射精は続いていて、そのせいで頬やまぶたに、まともに白濁がビュッビュッと何回にも分けて降りかかった。

二人の美丈夫に好き勝手に扱われることに被虐的な悦びがあふれ、獣の形で犯される身体が嬉しさのあまり甘く痙攣《けいれん》した。

「あぁっ…だめ、もぉ僕…っ」

「く、波留…すごい…締まる」

肌は溶けて蒸発するくらいの熱を発していて、そんな壮絶な喜悦に身を焼かれながら、やがて波留もその時を迎えた。

「あぁぁぁ…イく、イく…あぅぅ……!」

自らの腹とシルクのシーツに粘質な蜜をまき散らしながら泣き濡れる波留だったが、射精が終わっても狂宴は終わらなかった。

「よくできましたね。でも、今度はファルークに抱いてもらいましょう。ほら、どうしたのです？　もっとしゃんとなさい。貴方は我々の花嫁になるのですから、この身体で夫を満足させなければなりません」

「波留、次は俺の上に乗ってもらおうか。もし上手く動けないなら、兄上に介助してもらえばいい」

無理だ、いやだと泣きじゃくる波留はナディムに背中から両脇を支えられ、寝台に足を投げて座ったファルークの逞しい腰に乗せられようとするが。

「やだ、やだやだっ…やぁぁ」

必死で膝を閉じて拒絶したが、ファルークに乳首をねろりねろりと舐められて抵抗を封じられる。

「あうぅ…もぉ、そこ。舐めな…いで……取れ…ちゃう」

長い舌が乳頭をゆるゆると転がすのに波留がうっとりし始めたのを見計らい、ファルークは素早く足を広げさせて己の腰にまたがらせる。

芯の蕩けた腰を浮かせて、一気に下から突きあげるように竿を埋め込んだが。

「あぁ！　は…ぁ、ぁ、ぁぁ」

すっかり快楽に染まった花嫁の肢体が、苦しげに上へと逃れるように伸びあがった。

「ダメですよ波留。暴れないで、ちゃんと座りなさい」

すぐに背後のナディムに腰を掴んで引き下ろされ、ファルークの剛直を深々とくわえ込んで座らされる。

「あぐぅうっ」

「くっ…波留、すごいな。お前の中は…熱くて、たまらない。さぁ、今度は騎乗位を覚えてもらおうか」

ファルークがゆったりと敷布に背中を倒して寝転がると、波留の内部に埋まった竿の角度が変わってしまい、思わず腰に力が入る。

「あぁ…ふぅ」

「締めつけも最高だろう？　ファルーク。波留は素晴らしい名器の持ち主です」

もう待ちきれないファルークが下から激しく突きあげると、痩身《そうしん》が波打つように揺さぶられ、苦しげな頭部が濡れた髪を左右に散らした。

「いやなのですか？　こんなに優しく抱いているのに、我々の花嫁はなにが気に入らないのでしょうね？　あぁ、そうですか。もっといじめてさしあげましょう」

ファルークの腰に座って剛直を受け入れたまま、その逞しい胸にしなだれている波留。

側面からその腕を掴むと、ナディムは細い身体を垂直に引き起こしてしまう。

「うぁ！　あぁっ」

胸に咲いた紅い二つの花芽に再び吸いつき、前歯でゆるく噛んでこそいだ。

「あうう…ぅ、はぁ…！　やだぁ」

初めて乳首に歯を立てられた波留はビクンと背中をしならせたが、さらにナディムに舌でチロチロと舐められると一気に肌が燃えあがっていく。

「本当に波留は乳首が弱いな。兄上が言っていたように、中も締まって最高にいい」

感度のいい花嫁に満足したナディムは、今度、波留に褒美をあげると言い出した。

「この可愛い乳首に、ニップルリングをハメてさしあげましょう。近いうちに用意します」

「やめて。そんな…いやぁ、いや。変なものを身体につけられるのは…やだよ。怖い…」

怯《おび》える顔も可愛いのだと二人は口をそろえる。

「貴方がいやでも、そうはいきません。波留は我々の花嫁。夫が好きなように躾ける権利があるのです。この蜜月の期間に、あなたを従順でいやらしい花嫁に躾けてさしあげますから」

「ニップルリングをつけておけば、常に乳首を立った状態に保つように矯正できるらしい」

「本当に素晴らしい。まだまだ波留の乳首は、赤子のように未熟ですから」

二人の王子はひどく愉しげだ。

「だがそのうち、コリコリと芯を持った熟した乳首に変えてやるさ」

「やぁ、やぁぁ」

「さぁ、おしゃべりは終わりだ。いくぞ波留」

いよいよ本気でファルークが突きあげを始めると、波留は鼻にかかった声で甘く啼き出す。

「んっ…んんっ…ぁあ。ぁ…や、ぁう。ぃ…ぁ」

「どうした？　突くのをやめて欲しいのか？」

「あぁ…ぅ…ふ。ぁ…め」

やめてと言いたいのに、喘ぎにまみれて拒絶の言葉は唇にのぼらなかった。

「さぁ、ファルークの動きに合わせて自分でも腰を揺すってごらんなさい。ほら、波留」

敷布についた両膝に力を入れると、波留はなんとか身体を前後に揺すり始める。

「は、ぁぁ…うんぅ…」

「ふふ。いいぞ。波留の中が愨ろにやわらかくなってきた」

「もっとお啼きなさい、可愛らしい声で。そして締めるのです。もっと強く」

「あぁ…ふぅ、ぅぅっあ」

波留は昇天してしまいそうな頭で、ぼんやりと考えた。

今、二人の王子はまるで自分のことを、百合菜の身代わりとしてではなく、本物の花嫁として扱っているみたいだと。

「そろそろイくぞ。波留……っ！」

「あぁ、あぁああ」

乱暴に近いような本能的な律動で何度も波留を突きあげ、やがて二人同時に絶頂を迎えたあと、波留はファルークの胸にくったりと倒れかかった。

だが、再びナディムが蕩けた身体を弟の上から引きはがし、寝台に押し倒してのしかかってくる。

波留の顔色が本気で変わる。

「いや！　あ、あぁぁ…もう、いやいやいやぁ。だめ…無理ぃぃ」

「可愛い波留、今夜は最低でも三回はさせていただきますから。いい子ですね」

ナディムの宣言に対抗するがごとく、ファルークが挑発する。

「三回だって？　俺はあと五回はできるぞ」

その夜、何度も意識を飛ばしながら、波留は二人の王子の甘い躾けを受け続けた。

【2】


目が覚めたのは甘いセージの匂いがしたから。

花は好きだ。

自宅のリビングのテーブルに一輪挿しがあるだけで、気分が上がるくらいに。

「いい…香り。姉さん」

セージの匂いで目が覚めるなんて、素敵な一日だなぁ…。

まどろみの中でつぶやいてからまぶたを開けると、見たこともない豪華な部屋のベッドの中にいた。

「…え？」

本物のシルクの敷布の肌触りが心地よくて、ゆっくり伸びをする。

「おはよう。お寝坊さん」

「よく眠れましたか？　波留」

「……？」

両側から声がかかって、せわしなく右に左にと視線を踊らせてから息を呑んだ。

自分が横たわっているベッドの両脇には、眩しいほどのイケメンが二人。

「わっ」

反射的に跳ね起きて、なぜかわからないが寝台の上できちんと正座をする。

自分で着た覚えのない薄手の夜着をまとっていたが、下着はつけていないようだ。

「……ナディム、と。ファルーク。ぇ…え？　なに。これって、まさか夢…？」

いや。夢なんかじゃない…よな？

これが現実だとわかっていても一応訊いてみたら、優しい笑みで答えが返る。

「昨夜《ゆうべ》は無理をさせてすみませんでした。波留が可愛くて、ついつい二人して何度も求めてしまって。わたしたちの無謀な行為を許していただけますか？」

昨夜の濃厚な夜が一気によみがえってきて、カァッと頬が熱くなった。

「悪いが俺は謝るつもりはない。波留は俺たちの花嫁なんだから当然だ。そもそも、これまでさんざん焦《じ》らしたんだから自業自得だ」

「じ、焦らすって…そんなこと」

いったい自分が、誰を焦らしたというのだろう？

反論しようとしたが二人の視線が薄い夜着に絡みついてきて、波留はあわててシーツで身体を隠す。

ファルークは王子らしくなく残念そうに舌打ちをしたが、ナディムは淡々と告げた。

「波留、貴方には今日からいろいろと花嫁修業をしてもらいます。まずはカディル王国の歴史を学び、それと並行して乗馬や剣術を覚えていただきます」

「乗馬って…ラクダじゃなくて？　砂漠なのに、馬で走れるの？」

それは当然の疑問だった。

「乗馬ですよ。実はこの国の周囲にある砂漠は岩盤地形なのです。波留がイメージしているような砂の砂漠ではなく、カディル王国の周囲にはオアシスもあって緑が豊富な場所もあるのですよ。ですから砂漠に出る時には、機動性の高い馬に乗るのです」

馬と聞いて少し憂鬱になってしまう。

実は波留は正直なところ動物があまり得意でない。

「もちろん、ラクダにも慣れてもらうけれどな。まぁ、馬に乗れたらラクダは簡単だ」

ようやく、姉、百合菜王女の身代わりとしての一日が始まったことを実感する。

「うん、わかった。頑張るよ。でもそれは今日から始めるの？」

「そうですよ。今、食事の用意をさせていますので、朝食が終わったら私が歴史の授業を。午後からはファルークと一緒に乗馬と剣術の鍛錬です」

波留は気を引き締める。

「わかった。頑張るよ」

「でもその前に、体力を回復させるためにも朝食はしっかりとってくださいね」

体力を回復させるという部分に敏感に反応してしまった波留は真っ赤になって、二人の王子に可愛いと頭を撫でられてしまった。

その後、陽の差す明るいテラスに用意された食事は朝食と思えないほど豪華で、その上、給仕係が三人もついてくれる。

「うわぁ。すごいなぁ。ゴージャスな宮殿で、ゴージャスなブレックファースト」

そんな陳腐な日本語を思わずつぶやいてしまった波留は、自分のボキャブラリーの少なさが恨めしくなる。

それにしても姉はこの先の人生、ずっとこんな生活を送るのだと思うと、ちょっとうらやましい気もした。

そんなお気楽なことを考えながらも、昨夜の疲労から旺盛《おうせい》な食欲をみせる波留のことを、ナディムとファルークは優しいまなざしで見つめていた。


朝食が終わったあと、波留はアザハの離宮にある広い資料室の一角で、ナディム王子からこの地方の歴史や文化などを教わることになった。

ナディムは近郊の写真を見せながら、カディル王国と自身のラシム王国との関係や歴史、地理などを語って聞かせている。

「カディル王国の周辺はほとんどが砂漠地帯なのですが、基本的には岩盤の大地で、岩がゴロゴロしているような硬い地層になっています」

「今朝《けさ》も思ったけど、砂漠って聞いたら普通に延々と砂丘が連なってるイメージしかないなあ」

「王都の西にあるバーン山の頂上には、カディル王国で最も高名な神官が治める寺院があって、その裏側は十メートルほどの高い絶壁になっています」

国境付近のバーン山は硬い岩盤で形成されていて、王都を一歩出ると周囲は荒涼とした岩盤の大地が広がっている。

「へぇ。そうなんだ」

「実は…」

不意にナディムは声を潜めた。

「……その崖下に、秘密があるのです」

「秘密？　あの、そこに…なにがあるの？」

ナディムによると、一見するとただの岩盤状の土地が広がる荒れ地に見えるそうだが、その大地の下に王家の代々の墓が隠されているのだという。

「地下の階層には広い空洞が掘られていて、そこには過去にこの周辺一体を統治していた王族の墓がいくつも隠されているのです」

数百年前から親交の深いカディル王国とラシム王国は、この王墓を共有している。それは互いの国に嫁いだり、婿入りしたりする親族が多いからだ。

王墓にはもちろん金銀財宝といった価値の高い宝飾品も埋葬されていて、代々王族はその秘密を口外せず、墓を守り続けてきたのだという。

「どうして墓をそんな地下に造ったの？」

波留は素朴な疑問を口にする。

「昔に比べると減りましたが、砂漠には今も盗賊団がいて、埋葬された調度品や財宝目当てに墓を荒らして盗掘することがまれにあるのです。ですが砂に埋もれた王家の墓群は絶対に地上から見つけることはできないでしょう」

「確かに、地下層なら場所をピンポイントで特定されなければ見つけられないよね…あ、でも…どうしてかな？　今ふと思ったんだけど、僕…その場所を知ってる気がする…」

バーン山や崖下の王家の墓の話を聞いた時、なぜか波留は見たこともないその場所の情景が脳裏に鮮やかによみがえって驚いた。

「おかしいな。行ったこともない場所なのに。変なの…」

神妙な表情でつぶやくのを見て、ナディムはただ、否定も肯定もせずに小さくうなずいた。

「カディル王国の西側にある中央砂漠だけは、この国の周囲に多い岩盤の砂漠ではなく、砂の大地が広がっている砂漠地帯なのです。そこをねぐらにしている盗賊は墓の盗掘だけでなく、旅人から金品を巻きあげたり女性を襲ったりすることもあります。もちろん国家の軍隊が取りしまりを強化していますので、一味を捕らえた場合は刑罰を与えています」

それでも、盗賊は減ることがないのだという。

「そうなんだ…ちょっと怖いな。そんな人たちがいるんだ」

「でも安心ください。波留のことは我々が護《まも》りますから。それに、バーン山の西の砂漠になど波留が行くこともありませんから」

「うん。だよね」

だが、どうにもいやな予感がぬぐえなくて波留は苦笑した。

その後、さらに講義はナディムとファルーク王子の祖国で、カディル王国と隣接しているラシム王国の話にも及ぶ。

「現在、ラシム王国を統治しているのは我々の父、ハーメル国王です。国王には正室との間に三人の嫡子がいます」

王位継承権第一位の長男。そして第二位の次男、第三位の三男ということだ。

「あの、嫡子っていうのは…なに？」

いろいろと意味のわからない言葉が出てくるたびに、波留は尋ねる。

「国王と正室の間に生まれた子供のことで、側室などの子供は庶子と呼ばれます」

「そうなんだ」

母親の身分の差で子供たちの処遇が変わるなんて、あまりいいことだとは思えない。

「長兄は国王の信頼が厚く、明晰な頭脳で国家統治を助けているのです。そして語学に秀でた次兄は外交を任されており、前妻との間に数人の子供をもうけたのち、ワケあって離婚しました」

王家では離婚など許されないと思っていたので意外だった。

「でも…実は次兄は離婚したあと、今現在も男性と婚姻関係を結んでいるのです」

さらりと告げられた突拍子もない事実に、波留はさらに耳を疑ってしまう。

「え？　ちょっと待って。男性と…婚姻関係？　そんなことがラシム王国では正式に認められているの？」

「はい。このカディル王国でも男性同士の婚姻は認められているのですよ」

波留は目を丸くするが、そう言えば出国前に姉が話していたことを思い出した。

実際にそういう王族がいると聞いても、信じがたい気がする。

「そして三番目の兄のラシードは経営の才能に長けていて、現在は石油プラントの運営を任されています」

それを聞いた波留は、ふと思いついたことがあったので尋ねてみた。

「あの…実は百合菜姉さんも以前、仕事でラシム王国の石油プラントに出張していたことが何度かあるそうなんだ。聞いてる？」

だがナディムは、その件については言葉を濁しながらも知らないと答えた。

「そうなんだ。ラシード王子には子供の頃に会っているけれど、今はどんな方なの？」

「ラシード王子は幼少の頃から優秀で、米国に留学して大学で経営学を学んだあと、帰国してからは石油プラントでの仕事に情熱を燃やす優しい方です。今までは仕事一筋だったのですが、最近は恋をしているそうで、とても明るく幸せそうに見えます」

「そうなんだ。優秀で優しい方なんだね。きっと姉さんとも一緒に仕事をしているだろうから、知り合いかもしれないね。うわぁ、なんだか世界は狭いなぁ」

波留が感慨深げにつぶやいた時、ナディムは顔を伏せて含み笑いを持たせた。

「あの、だったらナディムとファルークの王位継承権は、そのラシード第三王子の次ってことなの?」

「ええ建前は。ただ、我々兄弟は側室である母から生まれましたので」

彼らは庶子であるため、隣国との関係強化の駒として婿養子に出される運命にあるそうだ。

だがナディムはそのことを苦にしている様子はなくて、波留は少し安堵した。

「さて、今日の講義はこのくらいにしましょう。あまり根を詰めると疲れますのでね」

開いていたノートPCを閉じると、ナディムは資料を片づけて立ちあがる。

「別にこれくらい、なんともないよ」

もっと知りたいことがたくさんある波留だったが、ナディムは微笑みながら腕を引っぱって椅子から立たせた。

「えっ…あの、なに?」

「なにって、別にいいでしょう? わたしたちは夫婦になるのですから、これくらい」

ナディムは夫の当然の権限とばかりに、腰に腕をまわしてやわらかな唇にしっとりと甘い口づけを与える。

「んっ…だめっ! 誰かっ…見てたら。んぅ…」

部屋の西側は大きな窓になっていて、外から見られてもおかしくはない。

「心配いりません。誰も見てませんから。それに、別に見られてもかまいませんよ。波留はわたしの花嫁。どんなはばかりがありますか?」

堂々とそう宣言したナディムに何度もあやすようにキスをされ、波留は徐々に息をあげていく。

「は…はぁ、っ…ナディ…ふ、ぅ…」

興奮した声を発してしまったとたんに足が震えてきて、立っているのが辛くなった。

唇が少し距離を空けたとたん、波留は過呼吸のように肺に酸素を送り込む。

「あぁ、困りました。すでに夜が待ちきれません。早く…波留を抱きたい」

甘い囁きとキスに酔って聞き逃すところだったが、波留は息を呑んで目を見張る。

「え？　そんな…まさか、今夜も？　だって…昨夜は、あんなに何度も」

思い出したことで頬を染める初々しい態度は、雄の劣情を煽る。

「夜の勤めは重要な責務ですからね。言ったでしょう？　まだまだ波留は性に未熟ですから、きちんとした教育が必要なのですよ。わかりましたか？」

「昨日の夜は、調教って言ってたくせに…」

「どちらも一緒ですよ。貴方には最良の妻になって欲しいだけです」

もっともらしく説得されると反論もできず、押しに弱い波留はただうなずいた。

素直ないい子だと褒めながら、ナディムは遠慮なく頬やまぶた、唇を熱心についばんでくる。

「波留、あぁ困りましたね。少しだけ…こちらに」

ナディムは細腰に手をまわして引き寄せると、先ほどまで座っていた椅子に再び腰かける。

そして己の膝に、波留を対面から足を開くようにして、またがらせた。

「可愛いですよ。波留」

湿った唇が顎をたどって喉元に下りていき、そのまま鎖骨に沿って舌で舐めあげる。

驚いて抵抗を忘れている相手に気をよくすると、さらに着衣の上から波留の胸元に鼻をこすりつけた。

「あ。なに？　や…ダメ」

「ふふ。少しだけ食べさせてください。可愛いこの…」

合わせになっている紗の服の襟を掴んで開き、そのまま肩から引き下ろすと、簡単に白い胸元が剝き出しになる。

「…乳首を」

「ぁ…やっ！」

カディル王国の女性の民族衣装は薄くて通気性がいいが、ボタンやベルトはほとんど使用しない造りのため、脱がせるのは簡単だ。

「美味しそうですね。波留のここは」

あらわになった肌は窓から差す陽光に白く輝いて、胸に並んだ朱色の小さな粒は、昨夜二人にさんざんもてあそばれたせいでまだうずいている。

「ヤダっ…ぃや」

波留は、逞しい肩に両手を置いて突っぱって逃れようとする。

なんとか乳首を食べられまいと頑張ったが、強固な腕が背中にまわって簡単に引き戻され、そのまま形のいい唇の中に赤い実は吸い込まれるように消えてしまう。

「あぁうっ！　…ぃや。ぁ、はぁぁ…っ」

ちゅっ…ちゅぴ…じゅ。

唾液を絡めるようにして、懇ろに舐められる。

わざと音をたてているのか、鼓膜から入ってくる淫音にまで犯されている感覚だった。

「あ、はぁ…ぁん…や、ダメ」

「なぜ？　こんなに甘くて美味しいのに。それに…波留の乳首は食べられて悦んでいますよ」

ちゅぐ。ちゅ、ちゅぴ…。

………カリッ！

「あぅん！　やぁぁぁ！　ダメっ……乳首、噛んだら…やっぁ」

悶えながらの抵抗などナディムにとってはまるで赤子のそれで、彼は満足するまで乳首を吸って噛んでと畳みかける。

膝にまたがらせた波留の腰はうずうずと揺れていたが、無意識に腰を前に突きだしてすりつけてきた。

「ふふ。たまらないのでしょう？　可愛い波留…」

乳首ばかりを食べられ続けたことで、あそこに熱が集まってたまらなくなってくる。

だが意地悪なナディムは、自ら熱を煽った肉体を呆気《あっけ》なく膝から下ろしてしまう。

「あ…あぁ…なに。どうして？　やだ。やぁ…イかせて」

立つこともできずに床に膝を折ってしなだれ落ちた波留は、潤んだ瞳で男を見あげた。

「ふふ。イくのは今夜のお愉しみですから取っておきますよ。そうやって、うずく肉体を持て余しながら夜を待ちなさい。そうすれば貴方の肌は、もっと官能的な匂いを発するようになりますから。もちろん今夜もいじめてあげますよ。まだ未熟な孔も、可愛いこの乳首も」

「はぁぅうう」

仕あげとばかりに、最後に乳頭を人差し指でピンと乱暴に弾いてひと啼きさせたあと、ナディムは無慈悲にも背中を向けて扉に向かう。

そしてドアノブに手をかけると、思い出したように振り返った。

「そうそう。午後の授業は剣術と乗馬です。昼食をとったら、ファルークが午後二時に中庭で待っているので行きなさい。わたしは別の仕事があるのでしっかり学んでください」

波留は恨めしい目でナディムを見あげる。

「でもその前にちゃんと服を着なさい。胸をあらわにして、なんてはしたない。急いで」

目がうつろだったせいか、強い口調で命じられてハッとした。

「っ…！　はい…」

いやらしくピンクに染まった肉体を隠すため、波留は気だるい動作で衣装の乱れを直した。

どうやら、ナディムとファルークは自国での仕事を持ち込んでいるようで、波留に講義する以外の時間は忙しくしているようだ。

マーナに聞いたところによると、ナディムは国では優秀な生徒を育成するために教鞭《きょうべん》を執っているそうで、ファルークは国軍で士官の職に就いているらしい。

もし百合菜王女に選ばれて花婿になることが決まったら、職は後進に引き継ぐのだという。

だから波留は一人で昼食をすませると、女性用の剣術の練習着をマーナに着せてもらってから、指示された中庭の薔薇園に急いだ。

「やぁ、待っていたよ」

足腰のしっかりとした栗毛の雄馬に騎乗したファルークが、すでに待っていた。

「波留、その練習着は女性用だが、とてもよく似合ってる」

モスグリーンのチョリと呼ばれる伸縮性のある生地のトップスと、シルク素材で裾が締まった造りの動きやすいハレムパンツ。

衣装のあちこちに美しい刺繍と細かなビーズや宝石の飾りが施されていて優雅に見える。

腰に巻かれた布製の帯にはコインのチェーン飾りがついていて、頭髪には日よけの大きめのベール。

「さぁ、では今から一緒に馬に乗って練習場に向かうが、波留は乗馬は初めてか？」

「ぁ…うん。一度も乗ったことないよ」

「そうか。だが、すぐに慣れる。さぁ、おいで」

「え？　でも……僕は」

　波留はなにか言おうとしたが、やはり思い直してその言葉を飲み込んだ。

「どうした？」

「ううん。なんでもない。えと…僕は、どこに乗るの？」

「安全を考えて俺の前に乗るといい。そうすれば、もし馬が暴走しても護ってやれるから安心だからな。それに、俺の胸にもたれていれば楽だ」

「うん、わかった。ありがとう」

ファルークは軽々と波留を利き手で馬上に引きあげ、自身の前にまたがらせる。

「少し歩くから。ん？　波留。どうした？　まさか、馬が怖いのか？」

触れている身体が、布越しにも細かく震えているのがわかったのだろう。

「あぁ…うん、多分。でも…大丈夫。ただ…想像していた以上に、馬の背中って高さがあるんだなって思って」

「はは、そうなのか？　俺は子供の頃から乗馬をしているから、高いなんて感じたことはないけどな」

想像以上に広大な中庭を馬で十分ほど行くと、ペルシャタイルが貼られた練習場が姿を現した。

「さぁ。今日から毎日ここで練習することになる。では始めよう」

ファルークが着ているのは剣術競技用の衣装のようで、それがまるでＲＰＧゲームに登場する剣士みたいにかっこよく、波留は少し見惚れてしまう。

「今日から剣術の基礎を教えるが、これは王族は皆習得しなければならない。少なからず我々はいつ何時、命を狙《ねら》われるやもしれない身分。俺も本気で教えるから気を抜くことなく貪欲に学んで欲しい。悪いが容赦は一切しないので、覚悟して取り組むんだな」

ただ華やかに見える宮廷での王族の暮らしぶりだったが、やはり常に危険と隣り合わせの一面もあるようだ。

「…わかった。僕だって何年も舞踏で足腰を鍛えているから体力には自信があるよ」

意気揚々と答えると、頼もしいなと安易に褒められたが…。

そこから先の剣術の練習は、本当に並たいていのものではなかった。

ファルークは最初、剣の持ち方、構え方、受け方など基本的な講義をしたあと、すぐに実践へと移行する。

「では、今話したように基本的な動きを身体で覚えることからだ。最初は俺の真似《まね》でいいから、まず剣を振ってみようか」

練習用の剣は刃の部分が研がれておらず平らだが、当然、あたればかなり痛い。

「わかった」

基礎となる剣の振り方、攻撃、そして防御のための振り方を同時に学んでいく。

攻撃と防御は、どちらも大切な動きだと話すファルークは、何度も身をもって剣の捌き方を教えてくれる。

初めてではあったが波留はとても動きがよく、やはり舞踊で得た持久力と脚力が俊敏性へと繋がっているようだ。

「いいぞ、大きく踏み込んで相手の胸元に一撃を与えたあとは、すぐに相手からの攻撃に備えるよう考えて立ちふるまえ」

「え？　それ、どういう意味？」

ファルークの言いたいことがわからなかった。

「ならば、波留から俺の心臓を狙って剣を突いてこい」

実際、ファルークの胸元に飛び込む勢いで波留が剣を伸ばしたが、簡単にかわされた。

波留が前のめりにバランスを崩した時、隙《すき》を狙った剣が真っすぐ頭上から振り下ろされて防御が遅れてしまい…。

顔前で寸止めしようとしたファルークだったが、避《よ》けようとした波留の動きとあいまって、波留は頬に鋭い一打を食らってしまう。

「あっ」

一瞬、目の前で火花が散って怯《ひる》んだがすぐに体勢を立て直し、剣を引いて攻撃に転じる。

「ちょっ、待て！　波留、お前…大丈夫か？　見せてみろ」

あっさり波留の剣を弾くと、ファルークは形のいい顎を摑んで仰向かせる。

「あぁ…綺麗な頬にアザができてしまったじゃないか…悪かった。最大限に注意を払っていたつもりだったのに…」

「別にアザなんて気にしないでいいよ。女じゃないんだから。僕はこんなの平気。それより、練習を続けたいよ」

ようやく、ファルークの言う攻防のコツが摑めてきた気がする。

「いや。お前…本当に頬だけか？　目にあたってないか？　痛むなら、今日はもう終わっていいんだぞ？」

「は、まさか？　このくらいなんともないよ。さぁ早く続けようよ」

波留は可愛い外見と違って、意外にも性根が据わっていることを知り、ファルークは正直、彼を見直してしまう。

「わかった。でも…無理はさせないからな」

それでもまだ剣を持ったままためらっていると、いきなり波留が身を引いて剣を突き込んでくる。

素早い攻撃にあって、ファルークはやむなく防御に転じる。

「おっと、波留は意外と筋がいい。なら、次は剣を受ける練習だ。攻撃と防御を交互に繰りだすことで互角に剣を交えながら、相手の弱点や隙をうかがって一瞬の勝機を逃さないことだ」

「わかった」

攻防は相手の動きをよく見て、一瞬の判断力が勝敗を左右するということがわかった。

小気味いい乾いた音が緑の木々に反響し、まるでこだまのように繰り返し響き渡る。

「上手いぞ波留。その調子だ。敵に踏み込まれたら一瞬で背後に引くことを身体で覚えろ。そしてすぐ体勢を立て直して反撃の一手に出る。そうだ！　今のタイミングは抜群だ」

「っ…くそっ！　どうしてファルークにあたらないんだよ！」

波留の振りまわす剣の先は、一度もファルークにあたることはない。

まるで遊ばれているようで、それがとても悔しかった。

「あはは。昨日今日、剣術を習い始めたひよっこに、俺が剣を食らうと思うか？　これでも俺は、国軍の騎馬隊長を任されているんだからな」

そうは言ったファルークだったが正直なところ、今も手加減をするつもりで動いているが、意外にも波留の剣捌きが鋭くて、下手に甘い動きをしていたのでは通用しない。

波留の潜在的な運動能力の高さに驚いていた。

そのせいでやはり時々、波留の身体に直接剣があたってしまうのを避けられない。

「っ…くそっ」

どんなに頑張っても、ファルークに一度も剣をあてることができなくて、波留は悔しげに下唇を噛む。

「さぁ、今日はもういいだろう？　このくらいにしよう」

何度かそう伝えても、波留は剣を振りあげて食らいついてくる。

それに渋々つきあっているうちに、早々と時間が過ぎていった。

とうとう陽が傾く頃、ファルークはまだ練習すると粘る波留から強引に剣を取りあげた。

「そろそろ離宮に戻ろう。陽が落ちたら砂漠地帯では急激に気温が下がることは知っているだろう？」

「…うん、そうだった。ごめんなさい」

ようやく受け入れた波留に、ファルークは安堵した。

だが可愛い見た目と違って、今日の波留は本当に努力家の本領を発揮してみせた。

正直、剣術の基本はまだまだ未熟なものだったが、性根は据わっている。

ケガをしても続けると言いはったその熱意には、さすがのファルークもほだされるほどだった。


馬の手綱を引いてきたファルークが、ひらりと軽やかに騎乗する。

その動きは優雅で、どういうわけか波留はドキンと胸を鳴らしてしまった。

「さぁ、帰ろうか」

差しのべられた手を取って、波留はあぶみに足をかけて馬にまたがる。

ファルークの胸に抱えられるような格好で馬上の人となった時、突然馬が大きくいななって、波留はビクッと肩を揺らした。

「どうした？」

「あの…ファルーク。実は僕、あまり動物が得意じゃないんだ」

自分でも理由はわからないが、子供の頃から特に犬が怖いのだと波留は不安げに白状した。

するとファルークが背後から包むように抱きしめてくれて…。

「…波留、かわいそうに」

厚い胸に抱擁されて髪に頬を埋《うず》められると、不思議と不安が和らいで心が凪《な》ぐ。

「かわいそうって、なに？　ファルークはどうして僕がかわいそうだと思うの？　動物が苦手だって友達に言ったらいつも、波留は子供みたいだなって笑われるのに」

「そうか…」

問いに対しての明確な答えはなかったが、胸の前で交差したファルークの腕が力強くて、波留はそっとその腕に手を重ねる。

温かい体温が伝わって安心が得られた。

ところがその直後、密着しているファルークの皮膚の温度が急激に上昇したのがわかってしまい。

「え…？」

怪訝《けげん》な顔で、振り返るようにして王子の凜々しい顔を見あげると、彼は切迫したまなざしを向けてとんでもない宣言を放った。

「波留、困ったな。悪いが…今から、別の指導をすることにする。いいな」

少しこわばった声でそう告げられて首を傾げる。

「え？　別の指導って、なに？」

ファルークは鞍《くら》に固定された物入れの蓋を開け、この場には不似合いなものを取りだす。

「え？　どうして…そんなもの、持ってるんだよ！」

昨日の夜、二人の王子を受け入れるため孔に埋められたのは象牙の張形だった。

だが、これは美しい青色をしている。

「宝石の加工職人から翡翠《ひすい》で造った張形を、今朝、買ってきたところなんだ。見ろよ、色も形も最高だろう？　どうだ波留、さっそく試して欲しいよな？」

「そ…んなっ。いやだっ」

波留は驚いてすぐに馬を下りようとしたが、ファルークはそれを許さなかった。

「さぁ、これから翡翠でお前の中を慣らしてやるよ」

相手の了解を得ないまま、ファルークはいったん波留を横座りにさせると、帯を解いてハレムパンツを一気に下げて脱がせてしまう。

「やっ。いやだ！」

白いつややかな尻が容赦なくあらわになり、恥ずかしさに足を閉じようとしたら、もう一度、鞍を跨いで座らされた。

下半身だけを剝きだしにされたあまりの姿に、波留は悲鳴をあげる。

「騒いだら誰かに見られてしまうぞ。いいのか？　お前が夫に可愛がってもらっているところを見られるぞ」

「あぁ、そんな…」

抵抗がゆるむと、ファルークは腰に腕をまわして尻を浮かせ、張形と一緒に調達した麝香《じゃこう》油《ゆ》を丁寧に孔へと塗り始める。

「ぁ、やぁ！　ぁ…どう…して、こんな、ところで…ぁぁ。指が、入ってくるっ…ぅ」

浅いところで何度も抽送を繰り返し、奥まで進めるとまだ抵抗する媚襞を掻きまわした。

急いた様子のファルークはやや強引に中を慣らしたあと、美しい翡翠の張形を摑んで早々と後孔の縁にあて、ゆっくり埋め始める。

「あ！　ぁ！　中に。ダメ。ダメ。あぁ、ぁあぁ…いやぁぁ。キツいよ…ぉ、まだ、キツい…」

「キツいのは上手にお前が中をゆるめたり締めたりできないからだ。それを学ぶのも花嫁の務めでもある。すべては夫を満足させるための修業の一つだから気を入れろ。いいな」

「あ、ダメ、ダメ…奥は、まだ…ダメ…ぁぁ」

深くまでの挿入を妨げたい波留は、あぶみに踵《かかと》を乗せて身体ごと上に伸びあがった。

小さな秘孔からヌラヌラと濡れた淫らな張形が姿を現して波留は一息ついたが、それをよく思わないファルークはあぶみを鞍から外してしまい…。

そのとたん、浮かせていた腰が一気に沈んで、未知の深さまでそれは埋まってしまった。

「あぐっ！　ひぁ…ぃ、や。いやぁぁぁ」

「波留の孔はまだ未熟だから、夫を満足させられないんだ。それでは困る。だからお前は従順に従わなければならない」

もっともらしく講釈を垂れると、ファルークは今度はやわらかいチョリを摑んで肩から一気に脱がしてしまう。

「やっ、やめて…脱がさないでっ。お願いだから、裸にはしないでぇ…」

羞恥《しゅうち》に震える波留にかまわず、最後に残ったベールも奪ってしまうと、波留は輝く白い肌をさらして全裸で馬にまたがっていた。

「あぁ、恥ずかしい。お願い、やめて。こんなの…たまらなく恥ずかしいよぉ」

泣きながら訴えるが、ファルークはその輝く肌を掌で堪能するように撫でまくり始める。

汗ばんでいる肌は、夫の手に吸いつくように馴染《なじ》んで悦びを示した。

「この国では、妻はどこでも夫に可愛がってもらえる存在でなければならない。恥ずかしいなどという感情は捨てることだな。それにしても、波留の肌は象牙のように美しい」

「やぁ、やだよ。お願い。それでも、こんな外で裸にされるなんて…お願い…せめて、前を隠して」

前かがみになって雄茎を隠そうとするが、意外にもそれはゆるく勃起していて、ファルークをつけあがらせる。

「いやだなどと嘘をつくな。波留はこんなに感じてるじゃないか。やはり、いじめられると嬉しいM体質みたいだな。でも、そんなに恥ずかしいなら、これを着せてやる」

ファルークは自分が身につけている、革製のベストを波留に着せてやる。

「あぁ…違っ。下が、見えちゃう…のは。やだっ」

懸命に訴えたが、ファルークはなにも聞こえないとばかりに馬の腹を蹴って歩かせ始めた。

「あ…ぐ!　うぁ…う」

馬が足を進めるたび、前後、そして上下に弾んで揺さぶられ、それに同期して中に埋められた翡翠の張形に濡れた媚孔を抉《えぐ》られてしまう。

張形は中をリズミカルに犯し続け、波留は身を震わせて涙をこぼしたが、さらなる災難が波留を待っていた。

革製ベストは切り替えで色の違う革を数枚、継いで作られているが、特に胸あたりに多くの切り替えが施されている。

ベストの裏面は継いだ部分の縫い代が粗く浮いてザラついていて、馬が歩いて揺れるたびに小さな乳頭を上下にこすっていたぶる。

「あふぅ。やぁ…ひ…ぅ。やだ。これ、脱がせて」

「なぜだ？　女のように胸のふくらみがないことが知られたらマズイだろう？」

「やぁぁ。だって乳首…ゴリゴリって。ねぇ…お願い。こすれて…感じる。ぁぁう…ふぅ」

「可愛い波留。そう言うな。今からは愉しい散歩の時間だな」

ファルークはそのままの状態でしばらく馬を歩かせ、波留を快感のるつぼに貶《おとし》めるが、花嫁の痴態を延々と見せつけられているため、彼の理性は呆気なく崩壊した。

「くそっ！　やはり我慢できそうにないみたいだな…悪いが、挿らせてもらう。波留は俺の花嫁だからな。さぁ、これはもういいから、次は俺を飲み込んでくれ」

細い腰を浮かせて一気に張形を抜き去ったファルークは、そのまま熱くなった身体を前に倒す。

「波留、たてがみを掴んでいろ。だが、首を絞めると馬は暴走するから気をつけるんだぞ」

言うとおりに従うと、ファルークはそのまま一気に、ゆるんでだらしなく口を開いた孔に己の剛直を刺し抜いた。

「あぁぁ…あぅぅっ！」

鞍の上で行われている痴情など意にも介さない雄馬は、規則的なひづめの音を鳴らして歩き続けている。

さらにファルークが中を突いてくる律動とあいまって、波留は熟れて感じやすくなった肉襞を、前後左右に不確定な動きで縦横無尽に犯され続ける。

「やぁぁ、だめ、ダメぇ。許して…もう許してぇ…ぁぁふ」

さらには乳首をザラザラとした革生地にこすり倒され続けて、今にも気がふれそうだった。

「ふふ…なかなかいい締めつけ具合になってきた。さぁ、今度は自分から尻を揺すってみるんだ。俺の動きに上手くシンクロさせれば、もっと快感を味わえるぞ」

「やぁ、やだやだ。やぁぁ」

「いうことが聞けないなら、こうだ」

命じられたとおりにできなかったため、ファルークは馬の腹を蹴って早駆けにしてしまい…。

「ひぃぃぅ…っ！　あぁ、は…ぅ。や…めて。馬を…走ら…せ、ないで」

馬が弾むたびに奥をズンズンと腹に響くほど突き倒され、波留は息も絶え絶えになる。

もちろん、乳首はベストの革に、ゴリゴリこすられ続けていた。

「あぅぅ…お願い。馬を…走ら…せ…ないで。やめて、言うとおりに…する、からお願い」

「なら、早くやってみろ」

波留は自ら腰を前後に揺すって、ファルークの抽送と馬の上下の動きに同調させる。

すると突然…自分でも信じられないほどの悦が、己の肉体と理性を飲み込んでいく。

「あぁ…やだ。許してファルーク、こんなの…感じすぎて…あぅ、ぁあぅん…ダメ…ダメ」

「どうした？　そんなにいやならやめようか？」

意地悪なファルークは、激しく尻を突き込んで前後させていた腰の動きを止めてしまう。

「ぁ…あぁ…そんな。違っ…やめな…で。違う。中、怖いくらい気持ちぃ、気持ちぃから」

「なんだって？　なにを言ってるのか聞こえないな。どこが、どう気持ちいいんだ？」

波留は悔しげに下唇をきゅっと噛み、自分で痛みを感じる強さで掌を握り込む。

「っ…僕の……中が、気持ち、いいよぉ」

「そこだけか？」

「ううん…他にも僕の…乳首、乳首も…ゴリゴリってこすれて、痛いくらい快い…よぉ」

ようやくファルークは納得のいく答えを引き出せたことに満足する。

「いい子だ波留。今宵《こよい》も兄上と二人で、お前をたっぷり可愛がってやるからな」

「ぁう…。そこ、ファルーク。お願い。もっと、もっと…そこ、突いて。こすってぇ…」

甘い誘いを受けたファルークは、さらに夢中になって細い腰を揺さぶり続けた。

「あぁ…ぁ！　もぉダメ。イく…イっちゃう…よぉ…っ」

やがて波留が全身を痙攣させながら吐精し、それに遅れること少し、己の中が温かな蜜でいっぱいに満たされる幸福を与えられた。


基本的に食事の時はアザハの離宮お抱えの給仕係と、王子たちの侍女で神官のジュラ、そして百合菜王女の侍女であるマーナがそばに控えている。

夕餉《ゆうげ》を始める前、何気なく波留を見たナディムは、一瞬で顔色を変えた。

「王女、その頬の傷は、どうなされました？」

「あ…いや。剣術の練習の時に、ちょっと失敗しちゃったんだ。でももう痛くないし大丈夫。それに、マーナが薬をつけてくれたから」

笑って答えたが、ナディムの怒りは波留の想像を超えていたようで、矛先は当然、ケガをさせた相手へと向く。

「ファルーク、王女にケガをさせるなんて。どういうことだ！」

責められたファルーク自身も、すべての非を認めている。

「兄上の言うとおり、すべては自分の失態です」

険悪な雰囲気になった二人の遣り取りに、波留は血相を変えて割り込んだ。

「ナディム、違うよ。早く上達したくて、僕が無理に頼んだんだ。だからファルークのせいじゃないんだよ」

それでもナディムは険しい表情を崩さない。

「本当にごめんなさい。あの…明日は無茶しないように練習するから」

懸命に庇《かば》ってくれる波留を見て、ファルークは自分の失態を改めて悔やんでいたが、それ以上に、波留が本当に優しい心を持っていることを思い知る。

幼い頃、一緒に過ごした記憶がよみがえるが、波留はあの頃からとても優しい子供だった。思いやりがあって人なつこく誰にでも合わせることのできる性格で、それゆえ流されやすい面もあって押しにはめっぽう弱い。

だがここ一番となれば芯が強く、意志がしっかりしている。

心に決めたことには日々邁進する努力家で、自分を向上させることに熱心で、壁にぶつかっても簡単にはあきらめない。

ファルークは隣に座っている波留の手を取って、恭しくその甲に口づけを落とした。

「改めて思う。貴方は今も昔も、変わらず綺麗な心をしているんだと」

そんな甘い場面を目の当たりにさせられたジュラは、まったく面白くない。

以前、ジュラは波留に対し、ファルークはいずれ自分と結婚すると思っていたと語った女性だ。

嫉妬《しっと》という感情は、時に多くの問題を生んでしまうことがあるようで…。

「ケガを癒すためにも王女には今夜、ゆっくりと休養を取って休んでもらいましょう。疲れたでしょうから、身体と傷を癒やして欲しい」

ナディムの発した言葉に、めずらしくファルークが意見する。

「どういう意味です兄上？　まさか、今夜は王女を抱かないとでも？」

そばで聞いていれば生々しい言葉だが、ジュラに恋愛感情を持っていないファルークにとっては、そんな意識がない。

「昨夜も何度も抱いた上に、お前は昼間にも無理をさせてしまったようだしな」

さらりとナディムが発した追及に驚いたのは波留だった。

「えっ…」

なぜファルークに馬上で抱かれたことがバレているのか？

理由は不明だったが、ナディムの観察眼はどうにも侮れないと思った。

「兄上、それは非常に困る。俺は今宵も王女を抱きたい」

そう主張するファルークだったが、ナディムは頑として申し出を却下した。

「お前はある意味、本当に貪欲な獣だな。王女の傷が癒えるまで、寝室に入れないよう外から施錠させることにする」

渋々と承伏しつつも、やっぱり不満をにじませるファルークを見て、ジュラは嫉妬のあまり紅を引いた下唇をギリギリと噛みしめる。

悔しさをあらわにして波留を睨《にら》むが、あいにくその危険な態度に誰も気づくことはなかった。

その日の夜、波留は湯浴みのあとですぐ寝台に入り、泥のように眠ってしまった。

今までダンスを生業にしていたため体力には自信があったが、剣術や馬術というのは、また違った筋肉を使うようで予想以上に疲れている。

深い眠りは心地よくて、波留はどういうわけか明け方になって夢を見た。

ナディムとファルークの夢だ。

なぜか幼い姿のままの二人が、跪いて自分に結婚を申し込んでいる。

ここに来る前、王子たちから求婚されていたと姉が言っていたが、波留は二人と一緒に遊んだことしか覚えていなかった。

夢の中では彼らは幼いながらも、とても真摯な表情で波留を欲しいと言ってくれた。

その時胸の中に芽生えた感情は確かに『嬉しい』というもので、波留はそんな甘い夢にまどろみながら嬉しそうに微笑んだ。


毎日の日課は、午前中にナディムから歴史や地理を学び、午後には剣術と馬術の鍛錬をする。

初日に無理をして以降、ファルークはとても気遣ってくれ、無理なく上達していった。

波留がカディル王国を訪れて十日ほど経った頃、午後になって突然、ドハ国王が練習場を訪れた。

訪問の理由は、孫娘が二人の王子との蜜月を謳歌しているのかを見届けること。

そして、花嫁修業の様子をうかがうことも目的の一つだった。

わざわざ足を運んでくれた国王に、波留はさっそくファルークを相手に実践練習を披露した。

初心者にとって、相手の剣の筋を読むことはまだ難しくて経験が足りないが、並の人間なら一撃を受けてしまう局面でも波留はそれをかわす。

まだ未熟ではあるがその動きは俊敏で、相手の剣を防ぐだけでなく攻撃にも素早く転じる瞬発力は目を見張るものがあった。

軽やかに二本の剣が舞い、波留はファルークから一打も受けることなく攻防を繰り広げる。

もちろんドハ国王の手前、王子が多少の手加減を加えてくれているにしても、上達の早さは持ち前の身体能力が高いことを証明していた。

剣術の達人であるファルークを相手に堅実に上達している姿を見て、ドハ国王は安心した表情で讃辞の言葉をかけた。

「百合菜、わずか十日の稽古でその上達ぶりとは、たいしたものだ」

「ありがとうございます。でもまだまだ練習量が足りませんので、もっと頑張ります」

生き生きとした笑顔で答える孫娘の姿に、ドハ国王は胸を撫で下ろす。

実際、娘のエルハム王女と交わした念書があったとはいえ、強引に帰還を迫って政略結婚させることを心苦しく思っていたからだ。

「それにしても、まだまだ伸び代がありそうな成長ぶりで、先が楽しみじゃな」

「はい。もしそう思われるなら、すべてはファルーク王子の教え方が上手いからだと存じます。さらには、この地方の国家の歴史や地理もナディム王子から詳しく学んでおります」

こんなふうに、さりげない会話にも必ず相手への感謝を忘れない波留。

本人は意識しているつもりはないが、素直で謙虚な姿勢がその言葉からにじみでる。

だから間近で接しているファルークやナディムは、日々、その胸の内にある想《おも》いを募らせていた。

そのあと馬術も披露した波留だったが、そこで嬉しいサプライズが用意されていた。

「カディル王国にはかつてこの国を護り、神馬として祀《まつ》られた雄馬がおった。その血を引くこの馬は賢くて強い馬じゃ。百合菜よ、そなたに授けようと思う。受け取ってくれまいか」

従者が手綱を引いて歩かせてきたのは、真っ白な毛並みの美しい牝馬だった。

「名をバシラという。アラビア語で『賢い』という意味を持つ馬じゃ。可愛がって欲しい」

動物が苦手な波留だったが、目の前の美しい牝馬を見た時、思わず心が奪われるほどの衝撃を受けた。

流れるような筋肉を皮膚の下に秘めた姿と、つやのある手入れされた毛並み。

たてがみも雪のように白くて、立ち姿だけでも並々ならぬ品格を醸し出している。

「…こんな綺麗な馬を見たのは初めてです。本当にありがとうございます」

波留は感激のあまり、腰を折って祖父であるドハ国王に謝意を伝えた。

「お前の母、エルハムはとても賢い娘で、優しさの中にも心の強さを持った自慢の娘じゃった。お前は母に面影だけでなく性格も似ておる」

ドハ国王の口から、異国に嫁いだ娘のことを大事に思っていた真実が聞けて嬉しかった。

同じように、母も国に残してきた父のことをいつも心配していた。

そんなふうに、祖父と孫が家族の話に花を咲かせている間、ファルークは口を挟むことなく、静かに話に聞き入っていた。

いつの間にか時間を忘れて亡き母の話をしていたが、やがて陽も傾き始めた頃、ドハ国王が名残惜しげに暇《いとま》を伝える。

「百合菜、練習の邪魔をして悪かった。すっかり長居をしてしまったな」

だが国王は一歩踏み出したあと、まるで平衡感覚を失ったようにフラフラと倒れかかる。

あわててその身を支えたのはファルークだった。

「国王陛下。大丈夫でございますか？」

「あぁ、すまぬ。最近、歳のせいか足腰が弱くなって困ったもんじゃ」

波留は笑顔で、「まだまだお元気ですよ」と言おうとしたが、気にかかることがあって口を閉ざした。

実はさっき話をしている最中から、国王の左顔面が麻痺《まひ》しているように見えていた。

それに、祝賀の席での国王と違って、今日は呂律《ろれつ》がまわっていない時があった。

実は波留には、この症状に覚えがある。

「あの、おじい様…」

「なんじゃ？　心配はいらぬぞ」

以前、世話になっていた舞踏家の先生が突然、脳溢血《のういっけつ》で倒れた時の症状と同じだったからだ。

「僭越ながら、今の国王陛下の状態は脳溢血の初期症状のように見えます。すぐに病院に行くことを勧めます」

「脳溢血？」

波留が舞踏家の先生が倒れた時のことを話すと、ファルークも病院に行くことを真摯に勧める。

最初は渋っていたドハ国王も、その甲斐《かい》あって素直に従うことにした。

その後、王都で一番大きな病院に向かった国王は、そこでＭＲＩ撮影を行った。

波留の危惧通り、国王には脳溢血の症状が見られたのだ。

あと三十分遅かったら全身麻痺に陥っていたか、下手をすれば命取りだったと医師に告げられた。

それでも今後、後遺症が現れるリスクは排除できないらしい。

それ以降、国王は波留のことを命の恩人だとして、ますます信頼を寄せることになる。

その日の夕食後、美しい庭を臨むテラスから日没を眺めていた波留は、気づかれない程度にため息をついた。

「波留、どうしました？　疲れたのですか？　それとも、なにか困りごとでも？」

なにかと目ざといナディムがすぐそれに気づいて、心配してくれる。

「あっ、あの。ごめんなさい。ちょっとだけ…日本のことを考えていたんだ」

カディル王国に来るまでは不安だった波留だが、ドハ国王も二人の王子も、そしてマーナや執事たちも、本当によくしてくれている。

だからこの国に来てから、辛い思いをしたことなんてない。

毎日、学ぶことが多くて大変だったが、新しいことを知るのは好きだから楽しい。

ただ…やはり毎晩のセックスだけは慣れなくて。

それでも日々、二人の言うところの花嫁教育ならぬ花嫁調教によって、淫らな行為もいろいろ教わって褒められることも多くなった。

最近ではいじられすぎて普段から乳首が立ってしまい、衣装がこすれて感じてしまう時があるほどだ。

そうなると下半身も反応して、たまにバレることもあり、昼間から二人に乳首だけを徹底的に嬲られ、それだけで射精させられることもある。

まさにこの離宮は今では逆ハーレムと化していて、甘い蜜のような時間が日夜続いていた。

そのため、まだ未熟だった波留の肉体は、今や淫らな大輪の花を咲かせようとしている。

とはいえ、心のどこかで男に抱かれることへの抵抗はまだ残っていて、波留は期間限定のことだからと自分を納得させることに努めた。

ただ、逆に期間限定という言葉が、ここにきてなぜか寂しくも感じている。

最近、増えてしまったため息は、そういうことだ。

「どうした波留、紅い顔をして。まだ夕刻なのに、もう抱いて欲しい？」

「あ…違っ！　あの、ただ。その…少し日本のことを思い出していたんだ」

故郷を離れて十日以上経ち、やはりすべてがなつかしい。

それに、実は最近気になることがある。

ここ数日、姉と連絡が取れなくなっていた。

確かに三日前、しばらく忙しくなるから連絡できなくなるかもしれないと言ってはいたが、今日、こちらから何度か電話をかけても一切出なくなった。

気がかりだったが、安否を確かめるため日本に帰ることもできない。

精神的に不安定になっている今だからこそ、無性に姉の声が聞きたかった。

「姉さんがしばらくは連絡ができないかもしれないって言ってたんだ。なにかあったのかな？　心配だよ」

波留の訴えに、二人の王子はなぜか目を見合わせたが、それに対してコメントはくれなかった。

「波留、それはなんだ？」

数日前、故郷の父から届いた桜の絵葉書を見せる。

「日本から届いた郵便なんだ。どうしてかな。最近は家族のことだけじゃなくて、日本にいる友達や先生のことも、よく思い出してしまうんだ」

「波留は日本が恋しいんですね。でも、わたしたちがいますでしょう？」

彼らの言う通りだが、短期間で身に起こった急激な環境の変化に、さすがの自分も馴染むのに時間がかかっている。

それに…やはり姉の身代わりという立場が、今の波留を最も苦しめていた。

理由は簡単で、二人の王子が代役の自分にあまりに優しく接してくれるせいだ。

「なんだかこの先、姉さんの身代わりとして上手く周囲を騙し通す自信がなくなってきた」

嘘をついていることへの罪悪感も伴って、今すぐ日本に逃げ帰りたい気持ちもある。

「大丈夫ですよ。我々がついているのですから、なにも心配しないで」

波留はいろんな感情に押しつぶされそうになって涙ぐむ。

「でも、僕は…」

ナディムは優しく波留に寄り添いながら主張する。

「可愛い波留。いくら恋しくても日本には帰しませんよ。波留は我々の花嫁になるのですから、手放す気なんて毛頭ありません」

そしてファルークには鋭い眼光を添えて釘を刺された。

「逃げ帰ったら許さないからな。もしそんなことをしたら、どんな手を使ってもここに連れ戻して、たっぷり罰を与えてやる」

どんな罰なのか想像すると、腰が熱くなってしまうことにも切なくなる。

「今回ばかりはファルークと同意見です。もし逃げたなら、波留の身体に逃げたことを後悔させる調教をすることになりますでしょうから」

二人の瞳が本気で怖くなる。

でも、そんな睦言《むつごと》を発する二人の麗しい容姿に酔っているのも事実だった。

たとえ偽りであっても彼らが自分を欲していると思えば、たまらない幸福感に包まれる。

「僕は…逃げないよ…」

ようやく覚悟を決めたことを伝えると、二人は満足そうに波留の両サイドに立ってその手を引いた。

「さぁ、我々の花嫁。今宵はどこでお前を抱いてやろう？」

こうして、延々と蜜月は続いていく。

「そうですね。では波留、今夜はあなたを天然スパにお連れしましょう」

離宮の地階にある天然のスパは、乳白色のやわらかい湯が自慢の源泉だった。

この湯はパイプを通して離宮の一階にある大浴場にまで運ばれていて、離宮に勤める誰もが利用できるようになっている。

だが、地階にあるこの源泉の温泉は、王族しか入れない特別な施設だった。

「あぁ…ぅ、ふぅ……ナディム、ファルーク…ぁん、ぅ」

熱心な愛撫で想像を絶する喜悦に染められ、すでに桜色に染まった裸体が、しどけなく大理石の床に投げ出されている。

埋め込みのタイル張りのスパには独特の甘い香りが漂っていて、誰もを酔わせてしまう。

香りの源となっているのは、幻覚を引き起こすといわれるダチュラという百合に似た大きな花だ。

湯面にはダチュラが無数に浮かんでいるが、その花は温まると幻覚作用のある物質を分泌し、それがやがて湯気とともに立ちのぼってスパ中に拡散されていく。

その香りを嗅《か》いだ者は数時間の興奮状態に陥り、長くエクスタシーを得られる。

「あぁ…だめ。なんだか、僕はおかしい。頭が…クラクラする…みたい」

すでに波留の精神は、ダチュラの催淫作用の効用に冒されていた。

「それは我々も同じですよ。三人で気持ちよくなりましょう」

今、波留が身にまとっているのは無数の宝石だけで、肌のあちこちには紅い口づけの痕《あと》が生々しく散っていた。

大理石の床には、源泉からあふれた湯が常に流れて身体を温めている。

室温は二十五度に調整されているが、湿度は非常に高くて、二人の王子も今夜はめずらしく全裸だった。

ファルークが波留を背中から抱き起こし、己の胸に抱えるようにして床に座り込む。

すぐさまナディムが正面から近づいてきて、波留の膝を摑んで大きく左右に広げさせた。

「あぁ…やめて…見ないで」

勃起しきったペニスも張形を挿入されて蕩けきった孔も、すべてが丸見えになった状況で、ナディムは興奮の熱い息を震える鈴口に吹きかけた。

「ぁ…ぅん！」

「いやらしい波留…こんなに硬くして」

指摘されて足を閉じようとしたが、逆にさっき以上に広げられてしまい、さらに背後のファルークに太腿《ふともも》を抱えてM字の形に広げられた。

「やっ…恥ずかしい…」

無駄だと知っているのに足を閉じようと暴れると、すぐさま乳首に二人の指が絡んでくる。

今、波留の紅い乳頭には、ニップルリングがハメられていた。

それは乳首の形を美しく矯正する目的でファルークが彫金師に作らせていた白金の加工品で、今日初めて装着されてしまった。

ぎっちりと隙間なくハマったそれは、乳首を根元から立ちあげるように固定されている。

こうすることで、いつも乳首を勃起させている状態が保たれ、いっそう感じやすくなるようだ。

左右のニップルリングは細い金の鎖で繋がれていて、それはやわらかくたわんでいる。

鎖に指をかけて引っぱれば、左右同時に乳首をいじめることができる仕組みになっていた。

「そろそろいいでしょう。波留、抜きますよ」

ナディムが孔に埋められていた張形を容赦なく抜き去ると、波留は身体を反らせて甘く喘いだ。

「あぁぁ…ん。ダメ…抜いちゃ、だめぇ…」

いいあんばいに調教が進んでいる花嫁の反応を見て、二人は満足げに目配せする。

「さぁ、今度はなにが欲しい？」

波留の孔は物欲しげに縁をパクパクと動かし続けていて、欲しいものなど一目瞭然だろう。

「お願い。もう一度…それ、入れて欲しっ…お願い…」

羞恥を感じていても、それを上まわる肉欲が波留を淫らに突き動かしている。

いつになく大胆な様子は、すべてダチュラの催淫効果によるものだろう。

「いい子ですね波留。ですが今度はわたしを挿れてさしあげましょう。さぁ、ここを上手にゆるめてごらんなさい」

潤んだ亀頭が蕾に突きあてられ、そのまま両足を抱えるようにしてナディムが押し入ってくると、波留は甘く長く啼きながらも硬いペニスを喰《く》いしめた。

「ダメだ波留、身体に力が入りすぎだぞ。兄上を奥まで欲しいなら上手くやらないと」

背後からファルークにリングの鎖を引っぱられ、ひしゃげた乳頭が悲鳴をあげる。

「あぁぁっ…」

そのとたん肢体の緊張が解け、波留の内部もいい頃合いにゆるんだ。

「っ…いいぞ。波留」

熱い吐息を吐いてナディムが腰を奥まで進めてから揺すり始めると、その律動は背後のフアルークにも伝わって、乳首を嬲る手がせわしくなる。

まるで三人でまぐわっている錯覚に歓喜して、波留は頭を左右に振りながら快感を示した。

「可愛いですね波留。わたしたちの大切な花嫁」

ファルークはうなじや肩を優しくついばみながらも、乳首には強めに刺激を与える。

ニップルリングの鎖に指を絡めて何度も引っぱりながら、リングからはみ出した乳頭の頂を親指の腹でこすり倒す。

「あぁ…あぅん。そこ…だめぇ」

「嘘をついてはいけません。本当のことを言いなさい。いやなら、やめましょうか?」

「だめ。だめぇ。だって…あぅん。あぁ、あぁぁ…やめちゃ…ぃやだ」

目の前がゆらゆらと揺れていて、すでに彼らの肉体は快感だけしか拾えなくなっていた。

「気持ちいいのでしょう? どこがいいのです」

質問と同時にグンと腰を突き込まれ、その衝撃で波留が胸を反らし、乳首の鎖が意図せず強めに引っぱられる。

それは、波留をさらなる快楽のるつぼに貶めた。

「ひぐっ…あぅぅ…そこ、痛ぃ、のに…気持ち…ぃぃ…」

剝き出しの性感があらわになって、この香りの中ではもう自分を偽ることなんてできない。

「そこ…では、わからないぞ。ここか?」

ファルークが、また乳首を嬲り、

「それとも、こちらですか？」

ナディムは角度を変えて孔壁を突きまくり、時折中でペニスをまわした。

「あぅぅ！　気持ち…いいよぉ…すごく、いい…ぃ」

「だから、どっちがです？」

同じ愛撫を受けていても、ダチュラの催淫効果でいつもより感じてしまうのが自分でもわかる。

「僕の…ち、乳首と、あの…あそこ…」

法外な快感を示すように、耳まで真っ赤に染まっている。

「あそこじゃわからない。どこだか言ってみろ」

首を振ると、お仕置きとばかりに汗まみれの尻をパンと叩かれた。

「ひっ！　あぁ…」

もう、言葉を発するのすら億劫《おっくう》になるくらい欲しくて飢えているのに。

「ぁあ…僕の、お尻…の……」

絞り出すような声で卑猥な要求を伝えると、前とうしろから耳と唇に同時にキスがきた。

「いい子ですね。可愛い波留」

「俺たちの大事な花嫁。さぁ、そろそろイかせてやる」

乳首を嬲っていたファルークの大きな手が、そばに流れてきたダチュラの花を拾いあげ、その花びらごと波留の濡れたペニスを包んで扱く。

ヌチャっと、淫音が三人の鼓膜を犯す。

「こんな、びしょびしょにして。いやらしい奴だな」

ペニスを包む花弁の質感、幻覚のせいで、波留の快感はさらに昂《たか》まっていく。

「あぁぁ…それ、すごい…感じるよぉ」

鈴口から吐き出された蜜で濡れた雄茎を、ファルークは荒々しく上下にこすり倒した。

その動きに連動するようにナディムが腰を抽送する。

野性的な二匹の獣の間に挟まれた、白い小柄な身体が痙攣のように震え続けていた。

粗暴に扱われることで感度が増していくのを、自分でも感じる。

ヒートしそうな思考の片隅で、やっぱり僕はM体質なのかも…という笑えない推察が浮かんで消えた。

「やっ…あぁ。ひぃ……イく。イく…よぉ」

荒々しく淫靡《いんび》な波が波留の肉体も感情も、そのすべてをさらっていく。

「波留、可愛い波留…っ…」

熱い奔流が中を温かく濡らすのを感じた瞬間、波留も全身を痙攣させて達した。

「あぁぁぁっ」

白濁が二人の頬に飛び散ると、王子たちはそれを伸ばした舌で舐めた。

その様子を目の当たりにして、波留はまた腰が甘く痺れるのを意識する。

「今度は俺だぞ。まだへばるなよ」

波留の腰を引き寄せるようにして兄と身体を分けさせると、ファルークが強引に波留にのしかかる。

「して。ファルークのも…欲しい」

ダチュラに身も心も冒された今宵の波留からは無自覚な色気が溢れ出していて、二人の王子は苦笑する。

「いくらでも欲しいだけあげますよ。可愛いわたしたちの花嫁…」

夜はまだ始まったばかり。

月さえ見えない宮廷の地の底で、絶えることのない喘ぎが明け方まで響き渡っていた。

【3】


先日、波留の進言が功を奏して一命を取り留めたドハ国王だったが、あとになって後遺症のような症状が現れてしまい、リハビリ治療が始まっていた。

命に別状がなかったとはいえ、高齢で脳溢血をわずらったせいで、国王は会話の途中で言葉が思い浮かばない時がある。

さらに、平衡感覚が保てなくなってしまい、歩きづらい状態が今も続いている。

波留は心配で何度も宮廷に見舞いに行ったが、ドハ国王の症状は簡単には改善される様子はなさそうだった。

そんな深刻な状況で、波留は国王のためになにかできることはないかと考えていたが、医療にたずさわっているわけではないので結局は見守ることしかできない。

そのことが歯がゆくて、不甲斐なくて仕方がなかった。

今朝も病院に見舞いに行こうとしたが、国王の主治医からリハビリがあるからと止められてしまい…。

そんな状況の中、ナディムとファルークは父である国王に呼ばれ、急きょ、朝からラシム王国へと帰国してしまっていた。

精神的に不安定になっている波留を一人にするのが心配で、王子たちは自分たちの侍女、ジュラをアザハの離宮に残していった。

彼らはジュラがどんな想いを抱えているのかを知らない。


その日の午後、食事を終えた波留にジュラがあることを教えてくれた。

それは…。

「百合菜王女、ご存じですか？　王都から南東に十キロほど離れたイシスのオアシスに、神を祀った神殿があることを」

「あぁ、ナディムに教えてもらった場所だ」

「王族の血を継ぐ者がイシスの神殿で祈りを捧げると、その願いは必ず叶《かな》えられるのです。もしよろしければ、神官である私がお連れいたしましょうか？」

同じ宗派の神官であるジュラは親切に申し出てくれたが、願いが叶うとは知らなかった。

「ありがとう」

今朝、ラシム王国に一時帰国した王子たちが戻るのは二日後と聞いていたので、波留はそれを待ってからにしようとも思ったが、国王の病状を考えると一刻も早いに越したことはないと考えた。

さっそくジュラとマーナとともに、明日の午後から神殿に向かう計画を離宮の執事に報告した。

ところが翌朝になって、侍女のマーナが急な体調不良を訴えて同行できなくなったのだ。

昨夜、夕食をとったあとから調子が悪くなったそうで、波留はやむなくジュラと神殿に向かうことになった。


出立前、ジュラは自らの飼い犬であるドーベルマンに、密かにある指示を出していた。

賢い犬は、まるでジュラの言葉がわかるようだ。

「いい子ね。じゃあ、私の指示通りにするのよ」

その言葉に、まるで了解したと言わんばかりに一声吠《ほ》えた犬の頭を撫でて、ジュラはつぶやく。

「マーナの食事に下剤まで混ぜて同行できないよう仕組んだんだから、絶対に失敗できないわ。あんな異国人に、私のファルーク王子は渡さないから」

ジュラは父から譲り受けた栗毛の神馬にまたがると、出立のため正門に急いだ。


二十人もの王家の衛兵を伴った波留は、神殿のあるイシスのオアシスに向かうこととなった。

波留が馬で離宮の正門の前まで来ると、そこには騎馬隊と歩兵隊が整然と並んでいて、いささか驚いてしまう。

百合菜はやがて、カディル王国の女王として即位するだろう。

次期国家元首の護衛ともなれば、これほどまでに慎重を期するのだと肌で知って、常に命の危険にさらされる姉の立場が想像できた。

今、波留が騎乗しているのは、先日、国王から贈られた牝馬、バシラだ。

輝くばかりの白いたてがみを風になびかせて立っている勇姿は、神々しいほどだった。

「ジュラ、今日は案内役を引き受けてくれてありがとう。我々が神殿に祈りを捧げることで、ドハ国王の容態が少しでも改善されたら嬉しい」

波留は、栗毛の馬に騎乗したジュラに謝意を伝えた。

ラシム王国の神官衣装に身を包んだ彼女は、厳かに答える。

「はい。百合菜王女、私も切にそう願いますわ」

全員がそろったのを確認して、騎馬隊長が声をかける。

「百合菜王女、それでは衛兵騎馬隊、歩兵隊、これより出立いたします」

規律正しい敬礼を受け、波留も恭しく頭を下げた。

「よろしくお願いします」

そして、一行は神殿のあるイシスのオアシスに向かって馬を進めた。

現地までは長い道のりで、ゆうに二時間ほど馬を歩かせた頃、ようやくイシスのオアシスがある森が見えた。

荒涼とした岩盤の平原が延々と続いた道のりの先に緑の森が見えた時、一行の誰もが神聖な雰囲気を肌で感じ取る。

こんこんと湧く泉が培った天然のオアシスは、荒れた大地に鮮やかな緑の森を生み出していた。

一行がイシスの森に分け入ってしばらく馬を進めると、遠方にようやく神殿が見える。

「百合菜王女、あれがイシスの神殿でございます」

ジュラが示す先に見えたのは、中央に大きなドームを配し、左右には塔のようなミナレットがそびえる神殿だった。

「あぁ。とても美しい…」

あまりに荘厳な造形に、波留は思わずため息をつく。

神殿の外壁は鮮やかな焼成煉瓦が積まれ、中央ドームには幾何学模様の石彫が見事に施されている。

波留が、技巧的な造りの神殿に目を奪われている時だった。

遠方の茂みが突然、ザワリと大きく揺れて…。

「え？　今の、なに…？」

得体の知れない巨大な生物が、足元の枝を踏みしめるようなバキバキという音が続く。

衛兵たちはいち早くその異変に気づくと、素早く銃を手に取った。

その時、ジュラが指をさして叫んだ。

「くせ者です！　あそこ、五十メートルほど先の茂みに賊が潜んでいますわ！」

声を合図に、先頭の二騎が茂みの方へ一気に馬を走らせる。

そして騎馬隊長は手綱を引いて、馬の方向を変えた。

「ジュラ様、王女をお連れになって急いで神殿の中にお逃げください！　ハデム、お前は王女の護衛をしてくれ」

「はい」

波留とジュラ、そして衛兵のハデムの三人が、馬を駆って神殿の方に向かう。

少し走ったあと、ようやく神殿に通じる参道前の石門までたどり着いた時、ジュラは衛兵に強い口調で申しつけた。

「ハデム、この先は王族と神官しか入場を許可されない聖域です。あなたはここに留まってください」

だが、事態が事態だけにハデムは異論を唱える。

「ジュラさま、お言葉ですが私には王女を護衛する役目がございます」

「なにをたわけたことを言うの！　あなたは神聖な戒律を破って神の怒りに触れ、ドハ国王の容態を悪くしたいの？」

国王を引き合いにした説得にはぐうの音も出なくて、ハデムは渋々その場に留まることを承知した。

「ですが、くれぐれもお気をつけください。私がこの門を死守して何人たりとも中に入れませんから」

「ええ。命に代えても、私が王女をお護りします」

ハデムは銃を手にして二人を見送る。

そこから先はジュラに先導され、参道を抜けて神殿に向かう樹林を馬に歩かせている時だった。

波留の乗った馬、バシラの眼前に、突如として一匹のドーベルマンが飛び出してきた。

「あっ！」

馬は驚いて大きく跳ねあがったが、訓練されているのでなんとかこらえた様子だった。

ジュラはチッと舌打ちをして、さらに犬をけしかけるために手振りで指示を出す。

するとドーベルマンはバシラの足に駆け寄って激しく吠え、牙を剝いて威嚇し始めた。

「うぁ、あ……！」

巨大で黒々としたドーベルマンが吠えている様子は、誰にも恐怖心を与える。

ましてや動物が苦手な波留は完全にパニックに陥り、強く馬の首にしがみついてしまった。

「いやだ。来るな！　ぅあぁぁ」

普段はあまり取り乱すことのない波留だが、自分でもわからない凍りつくほどの恐怖に見舞われてしまう。

筋肉質で黒い光沢を放つドーベルマンの威嚇に、心底から湧きあがるおののきが全身を支配した。

「怖い。やだっ……」

馬の首に強く摑まることは危険で、絶対にしてはいけないとファルークに忠告されていた行為だったのだが…。

首を絞められる格好になったバシラは、波留を振り落とさんばかりに高く前足を蹴りあげた。

タイミングを逃さず、ジュラはバシラの尻を鞭《むち》で強く打ち…。

その瞬間、駿馬は尻に火がついたように唐突に暴走し、波留はただただ振り落とされないよう、さらに強く馬の首根にしがみついていることしかできなかった。

馬はそのまま神殿を走り抜けて森を通り越し、硬い岩肌の平原に向かってまっしぐらに疾走する。

波留はずっと目を閉じ、馬と一体になるよう身を伏せてたてがみを摑んでいた。

どのくらい、そうしていたのだろう。

延々と平原を駆けた牝馬が砂の大地に走り込んだ拍子にバランスを崩し、波留は勢いよく鞍から投げ出されてしまう。

後頭部から落馬した波留は、そのまま脳しんとうを起こして意識を失ってしまった。


いかばかりの時が経ったのかは不明だったが、体感温度が急激に下がったことで波留はようよう意識を取り戻した。

空に太陽は見えず、朱色から茜《あかね》色に変わる途中の空には、少しずつ星が出始めている。

「陽が沈んだ直後みたいだな…」

まだ後頭部が痛むが、バシラはその場を離れることもなくそばにいて、波留の頬を鼻先で懸命に撫でてくれている。

「バシラ…お前、ずっと僕を起こそうとしてくれていたんだね。ありがとう」

砂漠で眠ってしまったら、それこそ命取りになることもある。

昼と夜の寒暖差の激しい砂漠で寒い夜を過ごすのは、とても危険だった。

波留はうずく頭を一つ振ってから身を起こし、ゆるくあたりを見渡した。

自分がいったいどれほどの距離を走ってきたのかわからないが、背後には岩盤の丘が広がり、眼前には砂漠が広がっている。

王都の周辺にはこんな砂丘の景色はなかったため、遠方に来てしまったことは推察できた。

心配げに鼻をすりつけてくる馬を、そっと撫でる。

「バシラ、さっきはごめんな。びっくりさせてしまって。僕はもう大丈夫。でも…どうしよう。自分がどこにいるのかわからないんだ」

当然、こんな場所では携帯電話も使えない。

「とにかく、歩かなきゃ」

太陽の沈んだと思われる、まだわずかに朱色が残る空の方角を参考にして、波留は王都の位置を予想して歩き始めた。

不安は募っていくが、砂漠で夜を迎える前に少しでも安全な場所に移動したい。

砂丘では馬が足を取られるため、波留はあえて騎乗せず、バシラの手綱を引いて自らも歩いた。

その時だった。波打つ砂紋の果てに砂煙が見える。

しばらく目をこらしていると、ラクダに乗った一団がこちらに向かってくるのがわかった。

「よかった…人だ！　助かった」

波留は巻いていた紗のローブを外すと、それを大きく振って合図を送った。

だが近づくにつれ、その一団がカディル王国の者ではないことがわかってくる。

先頭の男が掲げた三角形の黒い旗を見て、いやな予感しかしなかった。

「まさか、あれは…ナディムが話していた砂漠の盗賊？」

だとしたらマズイな…どうしよう。

砂漠の盗賊団は、墓の財宝を盗掘したり旅人から金品を巻きあげる、ならず者の集団だとナディムに教えられた。

束《つか》の間の安堵が一転、不安に変わった時、なぜかバシラが突然、波留の手を振りきって大きく前足を蹴り出す。

「え？　バシラ！　どうしたんだよ？　ちょ、待って。待って。僕を置いていかないで！」

駿馬は砂に足を取られながらもあっという間に遠ざかっていき、やがて走りやすい岩場にたどり着くと、そのまま見る見る視界から消えていく。

今の波留には、ただそれを見送るしか術がなかった。

バシラに気を取られていた波留だったが、その背後でラクダの首につけられた鈴がガランと鳴ったことで、弾かれたように振り返る。

「ぁ…」

そこには砂漠の盗賊団とおぼしき人相の悪い男たち、二十人ほどが迫っていた。

「よぉ、お嬢さん。大事な馬に逃げられたみたいだな。でも、この中央砂漠で馬は役に立たねぇんだわ。こいつじゃないとな」

ラクダの腹を叩く人相の悪い男が、舐めるように波留を見下ろしてくる。

連中が『お嬢さん』と呼んだことで、波留は気づいた。

どうやら、今の服装から自分は女性だと思われているようだ。

「まぁ心配しなくても明日になったら、俺たちがあんたの住んでる街まで送ってやるよ。だがな、その前にたっぷり遊ばせてもらってからの話だけどな」

その声に数人の男たちが嘲笑《ちょうしょう》を浮かべ、波留の背中に冷たい汗が伝う。

「それにしても、砂漠の真ん中でこんな美女に出会えるとは、今日はついてるな」

最大のこの窮地を冷静に乗りきるため、波留はゆっくり呼吸して自分を落ち着かせる。

まず、よく観察してみると連中は皆とても若く、腰帯にナイフを携帯しているが、銃などを持っている様子はなかった。

「さぁ、日が暮れる前に俺らの村に案内してやるよ。見えるだろう？　すぐそこなんだ」

蜃気楼かと思ったが、砂塵《さじん》の果てにテントらしきものがいくつか見える。

「いやだ。そんなところ、行かない…」

日焼けした腕が伸びてきて、波留の細い手首を掴んで一気にラクダの上に引きあげる。

「い、いやっ…放して」

波留が本気で暴れると、いきなり白い布で口をふさがれてしまい、そのまま目の前が暗転していった。


王家の衛兵たちと急ぎ帰城したジュラだったが、迎えたのはナディムとファルークだった。

彼らは元気がなかった波留を心配し、自国での用事を急いで終えて予定より一日早く戻ってきたのだが、ジュラは青い顔をしてこれまでのできごとを話した。

「実は、今日…衛兵を伴って百合菜王女とイシス神殿に向かったのですが、私と二人になった時……王女が、急に馬に鞭を入れて逃亡されてしまったのです」

「……逃亡？」

二人にとっては寝耳に水で、本当に信じがたいことだった。

「逃亡なんて絶対あり得ない…どういうことだ？」

「王女が逃げるわけがないだろう。いったいなにがあった？」

波留を信じたい気持ちと裏腹に、先日、故郷を恋しがっていた寂しそうな姿が浮かんだ。

「わかりません。突然のことで…私もすぐに馬で追いかけましたが、なにしろドハ国王が贈られたバシラは駿馬で到底追いつけませんでした。その後、周囲一帯を衛兵とともに捜索しましたが王女の発見にはいたらず…本当に申し訳ありません。すべては私の失態。ひいては…もちろん処分も覚悟しております」

両手をつき、地面に額をすりつけて謝罪するジュラを、ナディムは咎めなかった。

「すんでしまったことはもういい。だが、急いで王女を探さなければ。夜になれば砂漠の気温は一気に下がり、獣も徘徊する」

その一方で、ファルークはまだ波留が逃げたことに疑問を持っている。

「俺には信じられない。土地勘もない王女が、いったいどこに逃げるつもりだったのか…兄上、どうにも腑《ふ》に落ちません」

「確かに。ジュラ、急ぎ国王の側近を呼んでくれ。すぐに捜索隊を編成するよう要請する」

「ですが兄上。陽も暮れて、この広大な砂漠で王女を探すなど至難の業ではないでしょうか？」

「あぁ、そうだな。ジープを使ってあてもなく砂漠をさまよっても無駄だろうな…」

「どうすれば…」

こうしている間にも、夜はさらに更けていく。

二人は衛兵たちとともに、打つ手を思案することにした。

グラスの水を顔に浴びせられた波留がハッと目を開くと、そこは見知らぬ大きなテント状の家屋の中だった。

内部は二十畳くらいの広さがあって天井が高く、ランタンが梁《はり》に通されて仄《ほの》かに周囲を照らしている。

波留は身体を動かそうとして初めて気づいたが、どうやら木製の椅子に座って両手をうしろで縛られているらしい。

先ほど嗅がされたのが薬品だったのか、意識はまだぼんやりしていた。

「よぉ、目ぇ覚めたのかよ？　お前にはすっかり騙されたぜ。こんな綺麗な顔してやがるのに、男だったなんてな」

グッと顎を摑んで仰向かされると、波留は嫌悪を剝き出しにした目で負けじと相手を睨みつける。

「僕の正体が男だってわかったなら、もういいだろう！　用がないなら僕を解放しろよ！」

「いやいや、用ならあるぜ。お前、この純金のペンダント…どうしたんだ？　これにはラシム王国の家紋が入ってるじゃねぇか」

いつの間に奴らに盗られたのか、目の前で大事なペンダントが揺れている。

それは子供の頃、ナディムとファルークにもらった品だ。

「返せよ！　それは僕がもらった大切なものなんだ。早く返せ」

「威勢がいい奴だ。なら答えてもらおうか。お前は身なりもいいし、察するにラシム王国の王族だな？」

波留はそれに対して何度も違うと訴えたが、まったく信じてもらえなかった。

「おい、ここから生きて逃がして欲しいなら、今から訊くことに正直に答えろ。俺らは人殺しは専門じゃねぇから穏便にいきてぇんだわ」

人殺しという言葉が、脳内で何度も反響する。

「答えるって、なにを…?」

「ラシム王国とカディル王国の歴代の王墓が、いったいどこにあるのかってことをだ。お前、王家の人間なら知ってんだろ?」

連中が欲しがっている王墓の所在は、歴史の授業でナディムから習った。

波留は一度もそこに行ったことがないのに、なぜか情景が浮かんだ不思議な場所だった。

尋問する男のうしろで、別の大男がバキバキ指を鳴らして威嚇してくる。

ドラマや映画で何度か観《み》たようなヤバイ状況だ。

きっと王墓の場所を正直に答えなければ、この大男に殴られることは間違いないだろうけれど…。

「ふん、やっぱりあんたらは墓の盗掘をしている悪党なんだな。そんな奴らに僕がおいそれと王墓の場所を教えるとでも思うのか? 見くびらないで欲しいな」

ナディムと約束した。

どんなことがあっても秘密を厳守すること。

王族が代々秘密を守ってきたからこそ、今もバーン山の崖下の地下層に、王墓は昔と変わらぬまま現存している。

「答えなけりゃあ、お前のこの女みたいな綺麗な顔が傷モノになるぜ。いいのかよ？」

すごまれて心底怖かったが、波留は相手から目を逸らさなかった。

こんな卑怯《ひきょう》な連中に負けるわけにはいかない。

自分は流されやすいといつも姉に言われてきたが、その反面、意志は強いと褒められた。

「そんな場所があるのか？　あいにく、僕は知らないな」

答え終わる前に、頬に強烈な張り手がきた。

まるで拳で殴られたかのような痛みが右顔面に走って、口の中に鉄の味が広がった。

「っ…」

自分の犬歯で、頬の裏側の肉を切ったらしい。

「よぉ、これは大事なペンダントなんだろう？　素直に吐けば返してやるし、お前も無傷で逃がしてやる」

「だから、何度訊かれても知らないものは知らない」

言葉を発するために口を開いたら、口角から赤い血が一筋顎を伝って床にポタリと落ちた。

痛みに屈するなんて、男としてのプライドが許さない。

可愛い見た目に反して、波留には生来の男気が備わっていた。

「なら、お前が素直に白状するまで、徹底的に痛めつけてやるよ」

前髪を摑んで顔を引き起こされ、耳にひっそりと吹き込まれた。

「いつまで意地を張れるか見物だな。なんなら、抱いてやってもいいぜ。俺らはな、男も専門外じゃねぇんだ」

波留は歯を食いしばって、次に来る痛みに備える。

薄暗いテントの中で、意志の強い瞳がぎらっと光った。

ジュラから波留の失踪を聞いた王子たちは、病床のドハ国王ではなくその側近と相談した結果、軍の力を借りることになった。

陸からはジープで、そして空にはヘリを飛ばし、陸空両方から捜索することが状況的に最善だとの判断からだった。

ナディムとファルークは軍用ジープに乗り、王都の西にあるヘリポートへと向かっている。

完全に陽が暮れた今、ヘリから砂漠を照明で照らしながらの捜索となるため、困難が予想された。

それも承知の上での捜索だったが、二人が軍用ヘリに乗り込もうとしている時だった。

暗い砂漠の彼方から、かすかに馬のいななきが聞こえる。

馬の鳴き声は何度も聞いたことがあるが、どこか危機感を煽るそれに、何事かと二人は耳を澄ました。

「兄上…今のは?」

「あぁ」

闇に目をこらすと、星が瞬く藍色の空に、突如真っ白な姿が浮かびあがる。

「あれは…バシラだ！」

ドハ国王が百合菜王女に贈った駿馬は砂漠を延々と駆けてきたようで、ひどく興奮して荒い息を繰り返しながらも、王子たちの眼前でようやく足を止めた。

ジュラが言うように、波留が本当に逃亡を計ったのかは定かでないが、彼の身になにかあったことは明白だった。

どちらにせよ、早く波留を見つけなければ夜の砂漠は危険極まりない。

「誰か、水を！」

兵士が急ぎ白馬に水を飲ませてやると、ようやく落ち着いたようだ。

ファルークがなにか手がかりを探そうと馬を調べようとした時、バシラは突如、大きく前足を蹴あげると、なぜかもう一度砂漠へと戻ろうとする。

そして二人の王子を振り返って、まるで呼ぶように一声大きくいないないた。

「もしかして……」

ファルークはすぐに気づいた。

「バシラ、お前は王女の居場所がわかるのか？」

問いに答えるよう、バシラは再び力強くいななく。

「よし！　行こう。案内してくれバシラ」

賢い駿馬は、もしかしたら波留を見つけてくれるかもしれない。

王子たちはその望みに、期待を高めた。

頬に苛烈な痛みが走り、唇から真っ赤な血が垂れ落ちると波留は低くうめいた。

「さっさと王家の墓の場所を吐けば、これ以上殴らないし逃がしてやる」

打たれた頬が鈍い痛みを訴えるが、それでも歯を食いしばって次の一打に備える。

「なぁ兄貴、いくら男でもこいつは綺麗な顔してるから殴ったらもったいねぇ。最悪、男色の金持ちに高く売っちまいましょうや」

尋問を続ける男の背後にいた、腕っ節の強そうな男が入れ知恵をする。

「それもそうだな。顔を傷ものにできねぇなら、爪を一本一本ゆっくり剝いでやろうか?」

男のセリフに、波留は背筋をゾッと震わせる。

爪を剝ぐなんて拷問以外のなにものでもない。

そんな想像を絶する苦痛に、自分はどこまで耐えられるだろうか?

「それもいいですが、拷問する前に俺たちも楽しませてもらいましょうや。最近いい女にありついてねぇことですし」

「あぁ、それもアリだな。よし、計画変更だ」

椅子に縛られていた波留は、唐突に拘束を解かれて床に突き倒される。

「あっ……！」

数人の男たちがいやらしい目をして近づいてきて、波留は尻をついたまままじりじりとあとずさりする。

「やめろっ！　妙なことはよせよ。もっと殴ればいいだろう！　卑怯者っ。変態野郎！」

悪態をつく姿を楽しげに見下ろしていた男が、膝をついて波留の衣服の胸元に手をかける。

「確かにそうだな。男でもこんな綺麗な肌をしてんだから、売るにしてもたっぷり遊ばせてもらってからでないとな」

肌に直《じか》に触れられた時、波留は相手の胸を全力で突き飛ばした。

「うわっ…くそ、こいつ！　優しくしてやりゃ、つけあがりやがって！」

反転して逃げようとしたが、背後から肩を摑まれて動けなくなる。

「おら、押さえてろよ」

数人がかりで床にはりつけのように押さえつけられ、さっき自分を殴った男が波留の腰にまたがってくる。

「やっ、やめろ」

男は愉しげに笑いながら、容赦ない力で上衣の胸元を摑んで左右に引き裂いた。

「やだっ！　いやぁ…ナディム、ファルーク！」

無意識に二人の名前を叫んで助けを求めてしまったが…。

彼らにその声が届くはずもないことは、わかっていて絶望する。

その時、テントの外で突如、馬のいななきが響き渡った。

「えっ！」

今の鳴き声は、間違いなくバシラだと気づいた。

「嘘っ…僕を助けに戻ってくれたのか？　バシラ…！」

「おい、外が騒がしいな。見張りはどうした？」

「三人ついてますが」

その時衝撃と破裂音とともにテント状の家屋のドアが蹴破られ、数人の衛兵が一気になだれ込んでくる。

陣頭に立っている二人の王子の姿を目にした時、波留は思わず叫んでいた。

「…ナディム！　ファルーク！」

「大丈夫ですか波留！　助けに来ましたよ」

「俺たちが来たから、もう安心しろ」

安堵の息が口元からこぼれ落ちた。

今、波留には二人の救世主の勇姿が本当に頼もしく、そして凜々しく見えた。

おそらく生死の狭間にいたせいで、精神的に少し変になっていたのかもしれない。

まるで彼らのことが、悪党にさらわれた姫君を助けに来る、絵本の中の騎士のようだ…と思ってしまい、不謹慎な自分に少し笑えた。

こんな究極の精神状態におかれていたせいか、胸が高鳴って嬉し涙があふれてくる。

それほど二人の王子の姿は、波留にとってヒーローに見えた。

だが、ファルークは腫れた波留の頬と乱れた衣服を見た瞬間、目の色を変えて腰の長剣を引き抜いた。

「貴様ら、よくも俺のものに手を出したな！　覚悟しろ。成敗してくれるわ！」

ファルークはラシム王国最強の剣士だ。

盗賊の相手など、赤子の手をひねるようなものだということはわかる。

血走ったファルークの目を見た波留は、あわてて立ちあがると彼の袖を引いた。

「待って！　待ってファルーク！　やめて。無為な殺生はやめて！」

波留は懸命に叫ぶ。

「なぜだ？　お前、こいつらにひどい目にあわされたんじゃないのか？」

「もう大丈夫だよ。なにもされてない…少し殴られただけだから。お願い、この男たちを殺さないで。ちゃんと捕らえて罪を償わせて欲しいんだ」

ファルークはあまりに驚いてしまい、次の言葉がすぐに浮かばなかった。

「………は、お前は。それでいいのか？」

ナディムも信じがたいという視線で波留を見つめる。

「お願い、簡単に人を殺さないで。どうかお願い…」

波留はその場で深く腰を折って懇願した。

その姿に、先に折れたのはナディムだった。

「ふぅ…貴方はいったい誰の命乞いをしているんでしょうね。わかりました。ファルーク、剣を収めなさい」

ファルークはまだ納得がいかない顔をしているが、渋々剣を鞘に収めた。

「ナディム、ファルーク…ありがとう」

「衛兵、この者たちを一人残らず捕らえろ。王都に連れ帰って裁判にかける」

ファルークはまだイライラとした様子をしていて、その怒りをぶつけるようにドンと一つ柱を叩いた。

「よかった…」

波留はようやく安堵して、糸が切れたように意識を手放した。


離宮に戻った波留は、血相を変えて迎えに出てきたマーナに泣きながら傷の手当てをされ、それから湯浴みをした。

「本当に申し訳ありませんでした。私が体調を崩したせいで波留様にこんなケガを負わせてしまって」

何度も謝るマーナに心配ないよと笑顔で告げたあと、波留は二人の待つ寝室へと向かった。

「波留、大丈夫なのか？」

王子たちは憂慮をあらわにして、具合を尋ねてくれる。

「殴られた以外にケガは？　他にはないのですね？」

頬はまだ紅く少し腫《は》れているが、心配するほどの痛みはない。

「ありがとう。あの…助けに来てくれて本当に感謝してるんだ。もし、二人が来てくれなかったら僕…もっとひどい目にあわされてたから」

「波留を助けるのは当然の義務だ。お前は俺たちの花嫁になるのだから、どんなことがあっても護ってやる」

ファルークは次の言葉を、声に怒りといらだちを混ぜて吐きだした。

「ちくしょう。それほど俺たちの愛が深いというのに……お前は」

ファルークに怒りの籠った目を向けられて、波留は戸惑う。

ジュラが告げ口をしたせいで、二人の王子の心中に生じてしまったのは波留に対する深い疑心。

「あ、あの…」

「どれだけ波留を想う気持ちが強いのかも知らずに、俺たちから逃げたことを今夜は後悔させてやる」

「え？　逃げた？　それ、どういう意味？　僕が逃げたって本当に思ってるの？」

「……違うと言うのか？」

二人の王子は険しいまなざしを向ける。

「波留はここ数日、日本をなつかしんで沈んでいたでしょう？　だから、この国から…我々から逃げ出したかったのではないのですか？」

そんなつもりは毛頭なかった。

もしそんなふうに思われているなら、なんとしても誤解を解かなければ。

「違うよ！　僕はただ姉さんのことを心配していただけだ。逃げるなんて少しも考えてない」

「でも、その場に一緒にいたジュラの証言では、二人になったタイミングで、波留はいきなりバシラを煽って走り去ったと聞きましたから」

確かにジュラの目には、そう見えていたのかもしれない。

「違うよ…違う。あの時、茂みから急に真っ黒なドーベルマンが現れて、バシラの足下ですごく吠えたんだ」

そんな事実はジュラから聞いていなくて、王子たちには初耳だった。

「ドーベルマンが？」

「そうだよ。でもバシラは賢いからほとんど動じなかったのに、僕が…どうしてかわからないけれど、犬を見たら急に恐怖心を抑えられなくなって…」

「ドーベルマンが怖かったんですね？」

波留はうなずく。

あの時の恐怖は、自分でも驚くほどだった。

「それで、乗馬の授業でファルークに注意されていたのに、僕がバシラの首にしがみついてしまったんだ。だから…」

ナディムとファルークは互いに目を見合わせ、とても思慮深い視線を交わし合った。

まるで同情しているような表情だったが、そのあと安堵したようにため息をついた。

「わかりました。ドーベルマンが怖かったという波留の証言を信じましょう」

「……あぁ。そうだな。疑って悪かった」

ようやく信じてもらえたことに安堵した波留の頬に、二人が代わる代わるキスをしてくれて心地よさに目を閉じる。

強くて優しい二人の王子。

姉の婚約者であるナディムとファルークは、男として尊敬できる人物だと心底から思う。

二人からこんなふうに優しくキスをされたら、勘違いして好きになってしまいそうだった。

急に自分の置かれた身代わりという立場が哀しくなってきて、波留はその切なさを頭の片隅に追いやる。

「あの…捕らえた砂漠の盗賊たちは、どうなったの？」

自分を襲った連中のことを、まだ気にかける優しい波留に、二人は苦笑しながら答えた。

「奴らは来週の裁判にかけるまで、投獄しておく」

「窃盗だけなんだから、死罪にはしないであげて」

カディル王国の法律のことは知らないけれど、自分に関わったせいで人が殺されるなんていやだ。

「いくら波留の頼みでもそれは約束できません。王墓の場所を吐かせようとして貴方を殴った罪は、きっちり償わせます」

どうやら王子たちは、波留が殴られた理由をすでに知っているようだった。

おそらく盗賊たちを尋問して聞き出したのだろう。

「波留、お前はどうして王家の墓の場所を言わなかったんだ？」

ファルークが訊いてくるのに、波留は意外な顔をした。

「それは、だって…ナディムが話していたじゃないか！　王家にとって、あそこは大事な祖先が眠る聖地なんでしょう？　そんな場所を荒らされるなんて僕だって許せない」

「王墓を護るために、言わなかったのですか？」

「そうだよ。いくら殴られても絶対に話すつもりはなかったから。僕だって、この国の王家の血を継ぐ者だってこと、ちゃんと自覚してるつもりだから」

ナディムは、波留の頰の腫れを見つめながら囁く。

「それで、命を落とすかもしれなかったのに？」

そう尋ねられてから、初めて気づいた。

約束を護ることしか頭になかったが、殺されていたかもしれなかった。

「あ、そうだね…僕が死んだら、きっとおじい様を悲しませるよね」

のほほんと波留が笑うと、二人の王子はなぜか痛そうな顔で両側から抱きしめてくれた。

「貴方が無事で本当によかったです」

甘い抱擁に身を委ねていた波留に、渋い顔でファルークが告げる。

「だが…波留、いくら事情があったとしても、花嫁が勝手に王都を出た罪は大きい。掟《おきて》に従って、お前を罰する必要がある」

「え？　どうして？」

驚いて二人を見あげたが、深い憂慮の視線をもらうだけだった。

「さぁ波留、今からお仕置きを受けてもらいます。覚悟なさい」

予想だにしなかった急展開に、急に恐れおののいた波留が数歩あとずさったが、すぐに捕らえられた。

「今夜は、ベッドでは抱いてあげませんから」

二人は天窓のある広いサンルームに波留を連れて行くと、毛足の長い白いペルシャ絨毯の上に波留を突き飛ばす。

「あっ」

波留は意表を突かれたように目を見開き、二人を見あげる。

出会ってからずっと、どんな時も二人は労りながら、優しく波留を抱いてくれた。

だからこんな乱暴な扱いを受けたことは初めてで、まず最初に恐怖が心を支配する。

怖くて逃げだしたかったけれど、二人が素早く絨毯の上に膝をついて波留を押さえつけた。

「さぁ、服を脱ぎましょうか」

脱がすというより、肌から布を剝ぎ取るような荒々しさで、紗の夜衣が呆気なく奪われていく。

見る見る全裸に剝かれた波留は心もとなくて、絨毯の上で怯えて丸くなる。

その姿はまるで、飢えた狼《おおかみ》に喰われる寸前の羊のようだった。

怖がって同情を誘えば少しは優しくしてくれるかと思っての計算上の行動だったが、そんな波留を逞しい二人の王子は淡々と見下ろしてくる。

どうやら効果は期待できないようだ。

「兄上、今夜はこれを使って波留に罰を与えましょう」

ファルークがペルシャガラスの美しい箱から取り出したのは、得体の知れないなにかの根っこのようだ。

ヒゲ根が出ているそれは、表面がヌラヌラと濡れている。

それを見て、波留は本気で背筋を震わせた。

「やだ。なに…それ」

「これは催淫効果のあるザジリアスの根だ。これを使えばどんな気の強い淑女でも奥ゆかしい聖女でも、呆気なく淫乱に変貌して隷属させることができるそうだ」

詳しい説明をされて、恐ろしさに顔面が蒼白《そうはく》に変わっていく。

「いや。そんなの…どうするの？」

わかっていても、訊かずにいられない。

「決まっているでしょう？　波留が自分で孔に挿入するのですよ」

「そ…そんなっ！　無理だよ。できないっ…」

「できないじゃなくて、やるんです。これは罰なのですから。さぁ、始めましょう」

全裸で手足を丸めて横たわる波留の手を掴んだナディムは、容赦なくザジリアスの太い根を持たせる。

「やっ。なに…これ、ヌルヌルして…気持ち悪い。やだっ…」

表面がぬめっているのは、中から粘度のある液体がにじみ出ているからだ。

猫のように丸くなっている波留を背中から抱き起こすと、ナディムはそのまま己の胸にもたれさせる。

「では始めましょうか、兄上」

上半身の自由を奪われた波留は、足下から近づいてきたファルークに足首を摑んで大きく広げさせられる。

「波留、ザジリアスはぬめっているからお前の中を慣らさなくても入る。ほら、俺たちが見ていてやるから自分で入れてみろ」

たまらなく屈辱的な格好で下肢を暴かれ、その上、信じがたいことを命じられた。

「お願い、許して…できない。そんなの、できないよぉ…」

波留をM体質だと言ってはばからない二人は、プレイとして多少乱暴な扱いをすることはあっても、本気で波留が泣きを入れるとちゃんと加減してくれるのが常だった。

でも今夜の二人は王族の規律を破った妻に対し、厳しくお仕置きを施す夫の立場を崩さず、少しの容赦もないようだ。

そうは言っても、乱暴な言葉に反して、彼らが直に触れてくる手つきはやはり甘さを残していた。

だから、波留の恐怖心は少しずつ和らいでいく。

「できないなら、この樹液を乳首に垂らして、乳首だけを嬲って射精させてみせるぞ。いいのか？」

ファルークが発した言葉をリアルに想像してしまった波留は、とたんに頬を染めた。

淫液に犯された乳首を二人に思うさま嬲られて、気がふれるほど感じさせられて射精する。いやなのに興奮してしまう自分が少し怖くなってしまい、波留はほろりと涙をこぼした。

「わかったよ…やるから。自分で、挿れるから。だから…乳首は、いじめないで」

波留は静かに頬を濡らしながら、まだ硬い孔のとば口に、自らの手でザジリアスの根を突きあてる。

「あっ…」

ひんやりとしてぬめった感触に怖くなるが、二人を見あげると優しく微笑まれて先を催促される。

「腰から力を抜いてごらんなさい。ゆっくりでいいですから。力を抜きながら少しずつ埋め込んでいくのです」

命じられるままに伸ばした手首を折るようにして自ら挿れていくと、ぐしゅっと卑猥な音を奏でながらザジリアスの根が媚孔に埋まっていく。

「ん…ふ…ぅぁ……」

「どうした？　苦しいのか」

平気で意地悪な命令をするくせに、ファルークの眉根が心配げに寄せられて、波留は首を左右に振ってしまう。

「大丈…夫。でも……これ、太いよぉ…太すぎて、無理…だよっ」

いやなのに、二人の屈強な美丈夫に強引に征服されることが快感に繋がっていくことが信じられない。

「心配しなくていいですよ。波留の中が熱くなればなるほど、ザジリアスの根は中で溶けてドロドロにやわらかくなりますから」

「そ…そんな…」

ドロドロに溶けたあと自分がどうなってしまうのかが安易に想像できてしまい、全身がカァッと熱くなる。

「さぁ、早くなさい」

「うう…あ、はぁ…うん」

グロテスクなザジリアスの根が少しずつ花嫁の孔に姿を消していく様は視覚的にひどく卑猥で、二人の王子の興奮はさらに高まる。

「あぁ…ぁぁぁ…キツいょ。もぉ…やだぁ。許して…」

「いいえダメです。さぁ、続けなさい。まだ半分です。もっとですよ」

「うん………っ、ぅ…」

波留は唇を噛みしめて、さらに根を押し込んでいく。

無意識に何度も中が収縮してしまい、最後まで飲み込んだ瞬間、ブシュッといやらしい音がしてしぶきが飛び散った。

「ふふ、なんていやらしい波留」

自らの孔に深くまで淫根を刺し込んだ波留は、ナディムの胸に抱かれながら大きくのけぞって甘い喘ぎを吐き出した。

「はぁぁ…！　これ…、ダメ。ぁぁ、溶けて…いく」

王子が言ったように波留の中はすでに熱を持っていて、頬張ったザジリアスの根から一気に催淫液が溶け出していく。

「やだ、中で。そんな…だって…ぁぁぁ、ぃや…ぁ」

「いやだって？　嘘をつくな。気持ちいいのだろう？」

無意識に強く締めつけてしまった拍子に少しだけ押し出された根を摑むと、ファルークはそれを豪快に抽送し始める。

「ひぁあっ！　っ…ダメ…ぅ、んんっ…ぁ、あ。いや。しないで…それ。やぁぁ、ふ、ぅう…ぁ、だめ。そこ…ぁあ！　ぁん…して…もっと、ぁぁ…だめっ」

「おいおい波留、よくわからないぞ。いやなのか、いいのかどっちなんだ？」

ファルークは、わざと前立腺《ぜんりつせん》を狙って突きまくり、波留は快楽と理性の狭間で揺れ動く。

「ファルーク。もう少し手加減してやれ。少しずつだ」

ナディムに咎められたファルークは、波留が色っぽくてつい夢中になった…と苦笑混じりに言い訳して、ザジリアスの根を中に埋めたまま手を引いた。

そのまま二人は、絨毯の上にしどけなく転がって悶えている波留から少し距離を取る。

愛情が深いほど相手に理性的になれるとナディムは考えているけれど、ファルークは愛情が深ければより本能的になるものだと言いはる。

思考回路が真逆な二人の王子だったが、波留への愛情は本物だった。

「ぁ。え…どうして？　いやだ…動かして。お願い…中、このままじゃ。僕は…お願い…」

さんざん嬲られた末に呆気なく放り出された波留は、目尻を紅く染めあげて懇願する。

じわりじわりと中でさらに根が溶け出して、それは深い襞に浸透して波留をいっそう狂わせていく。

細い両足がもどかしげに動いて、白い絨毯を弧を描くように毛羽立たせた。

「やぁぁ、動かして！　もっと突いて、中…お願い…ぁぁ」

うずうずと悶える肢体は卑猥で、王子たちを視覚的にも堪能させる。

「すごい眺めだ…」

「確かに、いじめられて悦ぶM体質の波留には、この状況は最高のご褒美になってしまうのかもしれないな」

中が熱くてうずいてどうにもできなくて、波留は手放しそうな理性を必死でたぐり寄せる。

それでも腰が淫らにうねってしまうのを止められない。

波留がもがくたびに中で根っこの位置がゴロゴロと変わって、無造作に襞をこすり倒して気が狂いそうになる。

「あぁ、お願い。なんとかして…このままじゃ、僕…」

それでも二人の王子は憑《つ》かれたような視線で、ただ夢中で波留を見つめているだけで…。

彼らが願いを叶えてくれそうにないと理解した波留は絶望したものの、すぐに自らの手をザジリアスの根に伸ばした。

「ダメだよ。波留…それはダメ」

すぐにファルークに叱られるが、このままでは本当に気がふれてしまうと訴える。

信じがたいほどの強力な催淫効果で、それは波留に淫靡な悦を与え続けていた。

「いやっ、お願い…なんとかして、助けて…」

叱られても、性懲りもなくそろそろと股間に手を伸ばしてしまうと、二人の王子に左右からそれぞれの手を押さえられる。

「あぁぁ…やだっ。お願い、お願いお願いお願いお願い！」

声はあせりから甘くかすれ、充血した瞳は濡れて潤んでいた。

「ならば言ってごらんなさい。自分はどうしようもない淫乱だから、どうか抱いてください…と」

ナディムの予想に反して、波留はその卑猥な要求を呆気なく口にのぼらせた。

「抱いて。お願い。早く僕を抱いて…ぁ…中に、きて。もぉ…我慢で…きないんだ。早く…してぇ」

だが、それを聞いた王子たちは、重苦しく落胆のため息をついた。

「なんですか？　ふぅ…波留は盗賊たちの暴力にも屈せず秘密を守って、とても偉かったと褒めたばかりなのに。これでは、奴らのやり方が的を射ていなかっただけなのかもしれませんね」

「そうだな。波留はこんなふうにいやらしい方法でいじめられたら、秘密なんて簡単に吐露してしまいそうだな。どうだ？　違うか、波留？」

否定できないことは自分の身体が一番わかっていたが、認めたくなかった。

「そんな、そんなこと…ない。違う…よぉ」

「なら試してあげましょう。今夜は、我々に抱いて欲しいと絶対におねだりしないと約束なさい。でなければ信じてあげません」

「そんなの…っ、ひどい…よ。僕の中に…こ、こんな……変な物、入れておいて。抱いてって言っちゃダメなんて。ぁ…そんなの…ひどすぎるっ…」

「兄上。それでは波留があまりにかわいそうなのでは？」

敵に対しては究極に残酷にもなれるが、愛でる対象にはあまり無体なことはできないのがファルークのいいところだ。

「間違ってはいけない。これがお仕置きだということは知っているだろう？　いくら波留に逃亡の意志がなかったとわかっても、無断で王都を出た事実に代わりはないのだから。それなりの罰は必要だ」

二人が口論している間も、波留は淫蕩な快感に犯されて喘ぎ続けている。

「あぁ！　いやぁ…抜いて、抜いてっ…もぉ、お願い…だ…」

抱いてと口走りそうになって唇を噛んだ波留を見かねて、ファルークが提案した。

「わかった。そこにばかり意識がいってるから苦しいんだ。なら、これをやろう」

自らの腕に巻いていた美しいレザーミサンガを外して、ファルークは波留の顔の前でちらつかせる。

それはレザーレースと呼ばれる三ミリ幅の細いヌメ革紐二本を、平四つ編みにしたブレスレットだ。

「な…に？　それ。どう…す、るの？」

問いには答えず、ファルークは棚からワインボトルを一本持ってきて、テーブルの上のグラスに注ぐ。

そこにレザーミサンガを落とし、ヌメ革にワインを浸透させる。

「ふふ、可愛い波留。波留は、こっちでも愉しめる体質だろう？　ほら、ここだよ」

恐れおののいている波留の胸に、可愛く咲いた二つの花。

最初に比べればずいぶんと果実が紅く、大きくふくらむように躾けられている。

外見だけの変化ではなく、より敏感になるよう二人の王子に調教されてしまった。

「あん…ぅ！　触っちゃ…ぃあ。や、ふぁ……ぁ、いぃ…ぁあ」

ファルークは左側の乳首を人差し指と親指の腹で摘んでコリコリとこより、ますます尖らせていく。

それを見ていたナディムも、いきなり右側の乳首を口に含むと、熟れた乳頭を舌でめちゃくちゃに転がした。

「ひ、ぁぁ…乳首、どっちも、ダメぇ。そんなにしたら、取れちゃ…ぁ、ぁ、やだぁ…」

「嘘をつけ。波留はもう感じてる顔になってるじゃないか。さぁ、そろそろミサンガが頃合いになってる」

水分をたっぷりと含んだそれは革の性質上二割ほど伸びてしまい、ファルークは細い革紐を器用にほどくと、尖った乳首にゆるりと巻いていく。

「ぁ。冷たいっ…！」

抵抗しようとする波留の両腕を、ナディムが摑んで動きを封じた。

「あまり強く結ぶなよファルーク。あとでどうなるかわかってるだろう？」

ナディムの忠告が聞こえてしまい、とたんに波留は不安になる。

「な…に？　あとで…どうなるの？　ぁ、っ…教えて？　ねぇ」

「ふふ。それはあとのお楽しみですよ…波留」

「さぁ、革紐を乳首に巻き終えたぞ。今から少し締めるから」

「そんな！　やだ、やだよぉ……ぁ、ぁ！　キ…ツい…やっ！　ぁぁ、意地悪、意地悪…」

「強くは締めてないつもりだけれどな。まぁ、それもしょうがない。波留が可愛いからいじめたくなるんだ。さぁ、ザジリアスの効能を忘れるくらい、可愛い乳首を食べてやる」

異物を挿入された秘孔が甘い責め苦に収縮を繰り返している間、二人の王子は他に気を逸らせるためだと言って両の乳首を指で熱心に愛してくれる。

「ぁぁ…だめ。右も、左も…そんなこと。二人でなんて、やだぁ…っ」

乳頭が指で揉みくちゃにいじめられるたび、波留は肢体を震わせて悶え続けた。

だが、さらに波留を苦しめる事態が…。

興奮して肌の温度があがっていくと、徐々に革が乾いて乳首を締めつけ始める。

ただでさえ二人から嬲られて痛いほどなのに、細い革紐が乳首の根元にゆっくりと食い込んでいくと、乳頭がいっそう敏感になった。

「ぁぐっ…だめぇ、乳首…熱い、ぁぁ…ぃぁ…どうして？　きつく…なってる？」

「知らないのか？　革は濡れると伸びるが、乾くと元に戻る。さっきワインに浸してから巻いたから、少しずつ締めつけが始まったんだ」

「そんな…ひどい…やだ！　ねぇ、外して。お願い」

必死で懇願する波留は、これが二人の与える罰であることを忘れているようだ。

「そうしてやってもかまわないが、波留がこんなに乳首を硬く凝らせていたら食い込んでしまって外せない。しょうがないから、いったん革を濡らしてゆるめるしかないな」

「なら、そうして！　早く、早く…濡らして！　ぁぁ…だめ、締まるっ…」

秘孔と乳首を徹底的に嬲られることで、波留の陰茎は一度も触れてもらっていないのに完全に勃ちあがり、透明な蜜をタラタラこぼし続けている。

波留自身はいじめられることに満足していることがうかがえて、二人はますます興奮して強気になる。

「革紐を濡らして欲しいですか？　濡れたら革はゆるくなって楽になりますよ」

「お願い、濡らして。早くぅっ…」

ナディムの甘い誘いには裏があることを、波留は気づけない。

「いいですよ。では、そうですね。そろそろ小さくなってしまいましたし、これで濡らしましょうか？」

波留はいやな予感を覚え、不安な声で尋ねる。

「これで、濡らすって？　え？　これって、なに…」

朝のあいさつみたいな爽《さわ》やかな笑みを浮かべたナディムは、溶けて小さくなったザジリアスの根を無言で孔から引き抜いた。

「あぐぅ！　ぅ…ぅぅっ…！」

「ふふ。根っこも波留の中もトロトロに蕩けきっていますね。さぁ、濡らしますよ」

乳首の上に手をかざされた波留は、なにをされるか理解したとたんに暴れだし、両肩をフアルークに押さえ込まれる。

「やだ、やめて…死んじゃう、そんなの垂らしたら、僕…感じすぎて…狂ってしまうよぉ」

「怯えるな波留。俺たちは壊れた愛らしい花嫁の姿も見たいんだ」

ナディムは乳首の真上で掌の中の根をグッと握りつぶし、あふれた淫液を乳首を狙って垂らした。

「ぁぁあ！　そ、んな…だめっ、だって。あぁぁ…」

革紐で絞られているだけでも敏感になっている乳首に、催淫効果のある樹液がかけられたことで、波留が怯えた目を見開いた。

興奮のせいで、すでに瞳の色が変わっている。

「ぃやぁ…ぁぁ」

即効性のある樹液は革紐をゆるめる作用を果たしてはくれたが、乳首に強烈な刺激も与えていた。

まるで小さな節足昆虫が、乳頭の上をザワザワと何匹も動きまわっているようなむずがゆい感覚。

「ひぃ…ふ。ぐぅっ。だ…め。死…じゃぅ…ぁぁ、ひっ」

唇の端から唾液がこぼれ落ちて顎を伝い、強い意志も精神も完全に快楽に支配されていた。

「気持ちいいみたいだな？　波留…」

革紐が水分を含んで伸びてゆるんだが、それが淫液だから波留はたまらない。

「ふふ。すっかり顔色が変わりましたね。今の波留は淫乱な雌の顔になっていますよ。貴方は本当にはしたない。でも、わたしももう限界です」

ナディムはそろそろ頃合いかと判断し、ザジリアスの淫液にまみれた孔に指を挿入すると激しく掻きまわす。

「ひぁ！　あぁん！　っ…そんな。突然、ぁ…や。そこ、もっと…奥まで、してぇ…」

控えめな声で、それでも波留が腰を振って懇願を始めた。

「だが、指ではお前が望む奥までは届かないんだ。夫の寵愛が欲しいなら、ペニスを舐めて大きくしてくれ。そうしたら突っ込んでやる」

顔を横に向けられたとたん、唇にファルークの剛直を押しあてられる。

一瞬だけいやいやをした波留だったが、欲に負け、舌を出して舐め始めた。

「ん…っ、ふ…ぅぅ」

口の周りが唾液でベトベトになるのもかまわず、飴《あめ》でも舐めるように必死になって奉仕を続けた。

「兄上、そろそろいいのでは。もう俺も限界です」

二人の王子は目配せをすると、まずはファルークがペルシャ絨毯の上に仰向けになった。

快楽に染まった身体を持て余し、ぐったりしている波留の身体をナディムが抱き起こす。

「あぁ、なに？　まさか、嘘。ダメ！　今夜は許して。無理だよ…だって…ぁぁ」

「できるよ波留、少し体力が落ちてるからって騎乗位くらいできるさ。このくらいで音をあげていたら我々の花嫁として失格だぞ」

「そんな…だって、あぁぁ」

ナディムに足を広げられて逞しい腰を跨《また》がされ、ファルークの猛りの上にゆっくりと落とされる。

熟れた孔の口にペニスがあたり、己の体重が沈むままにググッと挿入されていく。

「は、あぁぁぁっ」

大きくのけぞって逃れようとするのを、背後のナディムに阻止され、いやいやと首を打ち振っても許されず、ついにはファルークの腰の上に完全に座らされた。

目には見えないが、今、波留の中には血管をまとったペニスが深々と突き刺さっている。

「っ…これはなかなか、やはりザジリアスの根は強力な催淫剤だな。俺もかなりクる…まずいな…」

そうつぶやいたファルークに下からガツガツ突きあげられて、悲鳴があがる。

背後のナディムには抵抗する両手を摑んで上に引っぱりあげられ、細い革紐の巻かれた濡れた左乳首を転がされた。

「はぁ…ぁあっ」

放置されたままだったが、そこは淫液と紐の洗礼を受けて真っ赤に熟していた。

「本当に、こんなに悦んでいたらお仕置きにならない。困った奴だ…っ…そう締めるな」

「あ、ぁ…ぁ。ん……気持ち、ぃぃ…そこ。奥が…ぃぃ」

「奥を、どういうふうに責めて欲しいんだ?」

快楽に犯された精神状態では、波留を留めるものはなにもない。

「ぁぁ。お願い……ぐちゅぐちゅになってる、僕の…中を、もっと…太いので…掻き、まわして…ぇ」

「これは…波留はとんだ淫乱ですね。ファルーク、もっと強く揺さぶってやるといい」

「そうだな。さぁ、いくぞ波留」

下から壊すほどの勢いで何度も腰を打ち据えられ、波留は上体をガクガクと揺さぶられながら最上級の愉悦にまみれ続ける。

「ひっ…ぁ、ぁん…ぅうく…気持ちぃいよ…すごく、いい。ぁ、クる。あぁ、ぁあぁぁ」

やがて、長い悲鳴をあげながら波留が果てると、少し遅れて、ファルークも熱い媚孔に多量の精を放った。

「はぁ、は…はぁ…」

長距離を走ったあとのように乱れた呼吸を繰り返す波留だったが、我慢のきかないナディムはファルークの上から波留の身体を引き下ろす。

そのまま乱暴にうつ伏せにひっくり返し、獣の形に押さえ込んだ。

「あ！　いや。そんな…もう？　お願い、少しだけ…休ませて。こんなの…苦しっ、ぁ…ぁ」

「これ以上、一秒も待てるわけがないでしょう？　可愛い波留。わたしたちの花嫁」

続けざまに雄を受け入れる心の準備や呼吸を整える前に、熱い竿がズブズブと挿ってきて、波留は背中を反らせて悲鳴をあげる。

ガツンという鈍めの擬音が腰の一番深いところで振動とともに、波留の正気を食い散らす。

質量のパワーに圧倒されて、綺麗な声が裂けるような音に変換されて喉からあふれ出る。

それでも、痛みも嫌悪もなくて、ただ快感だけが身体を支配していた。

「ひぁぁ…ぅんんっ」

めずらしくナディムが理性を抑えられないように、細い腰をがっしり掴んで前後に揺さぶる勢いで突きまくっている。

しばらく食べていなかった獣みたいに能動的な肉欲に支配されたナディムは、獰猛《どうもう》で狡猾《こうかつ》だった。

「波留、可愛い波留…もっとわたしが欲しいですか？」

わざと浅いところで何度も抽送して焦らすと、波留はわかりやすく簡単に音をあげる。

「欲しい、欲しいよ！　お願いもっと…奥がいい」

次にナディムが発した言葉に、しばし傍観していたファルークの片眉が跳ねあがった。

「なら、好きだと言ってくれまいか。波留、わたしを…好きだと」

純粋な欲求を口にしたナディムだったが、波留が答えようとした瞬間、ファルークがその唇に己の指を突っ込んだ。

「あぐっ…」

突然の蛮行に驚きながらも、波留は長い指に舌を絡めるように舐める。

ナディムはめずらしく短く舌打ちすると、膝をもう一歩前ににじり出して細腰を掴んだ。

複雑な感情を孕《はら》んだ竿は、歪《ゆが》んだ勢いを借りてさらに硬くふくれあがり、それは波留の快感に直結する。

「あぁっ！　ひ…」

結合が一段と深まってスライドの幅が短くなると、必然的に奥ばかりを集中的にこすり倒されることになる。

初めての感覚に、目がくらむ。

だが、一瞬だけすくんだ身体が二度目の解放へと向かうのは時間の問題だった。

わかってる。波留は、わたしのことが好きだってこと。

そんな勝ち誇った独白が聞こえてくるような独りよがりな猛獣は、波留から少しばかりの同情を得る。

それが作為的なものかはわからないが、駆け引きは波留の意識外のところで始まってしまった。

「蕩けそうだ…波留」

甘い言葉と打ち壊すほどの律動にまみれ、やがて波留は全身を痙攣させながら一気に弾け散る。

悲鳴に重なるナディムのうめきはなぜか清々としていて、中に吐きだされた粘つく白濁とは意外なほど対照的に思えた。

「今度は俺だ」

汗まみれの小さな身体をナディムから奪うようにして仰向けに転がすと、間を置かずにファルークがのしかかってくる。

細くて長い手足ががむしゃらに宙を掻くが、それは虚しいだけの抵抗。

「本当は欲しいくせに、いやがってみせると、どんな男でも悦ぶと思っているのか？」

意地の悪い文句は、なにを怒っているのか、誰を意識しているのか。

最近、二人の王子の間に横たわっていると感じる、隠されたかけひき。

「いやぁ、もぉ…お願い。少しだけ待って…待って……まだ、ぁぁぁ」

弱音を吐いても、これはお仕置きだと前とうしろから二人がかりで責められて、甘露なキスが頬と太腿の裏側に落ちる。

小さな身体が逞しい男の間でもどかしげに抵抗する姿に、彼らは恐ろしく興奮するのだという。

肉食獣の群れに捕らわれた草食動物がトドメを刺されるように、ファルークは波留の喉に歯を立てた。

痛みではなく甘さに悲鳴をあげながら、波留はさらなる高みに溺《おぼ》れていった。


その夜、憔悴《しょうすい》した波留は、二人の王子にお仕置きという名目で荒々しく愛されたが、なぜか身体も心も満たされていた。

湯浴みをし、身体を綺麗に洗ってもらってから寝台に運ばれ、おやすみのキスをもらった。

二人が出ていったあと、うとうとしながらイシスの神殿でのことを考える。

自分が逃亡を計ったとジュラに誤解されるほど、あの時は動揺していた。

理由はわからないが、小学生の頃から波留は犬が苦手だった。

特にドーベルマンやシェパードといった、大型で黒い犬には無条件で恐怖を感じてしまう。

それこそ、手足が急激に冷たくなって冷や汗が流れ、パニックを起こすほどだ。

苦手なものは他にもあるのに、犬に関しては身体が本能的に反応してしまう。

自分の感情をコントロールできなくなるほどの、どうにもならない恐怖がそこにあった。

なぜだろう?

どうして僕は、ドーベルマンがあんなに怖かったんだろう。

深く己の深層心理にまで入っていこうとしても、いつもその扉は閉まっていた。

なにか大事なことを忘れているような気がして、何度考えを巡らせてもわからなくて…。

やがて深い眠りがゆっくりと波留の意識を連れ去っていく。

なぜかその夜、波留は夢を見た。

子供の頃、初めて母と姉とともにカディル王国を訪れた夏休みの夢だった。

【4】


波留が小学校四年生、十歳の夏休みのことだった。

その年まで、母は単身で何度かカディル王国に里帰りをしていたが、姉弟が同行するのは今回が初めてだった。

飛行機から降り立った時、初めて見る異国の地に百合菜も波留もとても興奮していたことを覚えている。

姉弟が滞在している間退屈しないようにと、二人の祖父にあたるドハ国王が同年代の隣国の王子三人を王宮に招いてくれていた。

百合菜も波留も、この国の言語は母から習っているので普通に話せるのが幸いだった。

「こちらは、ラシム王国のラシード第三王子。そして第四、第五王子のナディムとファルークだ。仲良く過ごすがいい」

「初めまして。百合菜です。こちらは波留」

「こんにちは」

ドハ国王から王子たちを紹介された時、波留は不思議なほどの胸の高鳴りを感じた。

でもそれを知られないように深呼吸をする。

そして波留は、それぞれの王子たちにこんな感想を持った。

十四歳のラシードはとても落ち着いて大人っぽく、十三歳のナディムは子供ながらすごくハンサムだと思い、九歳のファルークに関しては一つ歳上の自分より身体が小さかったせいで可愛いと感じた。

ラシム王国の国王には五人の息子がいて、第三王子までが正妃から生まれた嫡子。

第四、第五王子であるナディムとファルークは側室から生まれたため、正室の王子より身分は低くなる。

とはいえ、当時、そんな事情は波留も百合菜も知らなかったが。

王子たちを紹介されたあと、どういう理由か定かではないが、百合菜はラシード王子と一緒にラシム王国での歓迎式典に出席するため隣国に招かれて行ってしまった。

その後、波留はナディム、ファルークと約一ヶ月の間、宮廷で一緒に過ごすことになる。

実は…最初にあいさつを交わした時、二人の王子は波留のことを少々誤解していた。

「あいさつが遅れました。わたしはラシム王国のナディム。そして弟のファルークです。波留王女とお会いできて光栄です」

ナディムは儀礼的なあいさつの文言も完璧だったが、波留はあわてて訂正する。

「あの、すみません。ちょっと違います。僕…男なんです」

少しの妙な間があってから、ナディムが愛想笑いで聞き返した。

「え？　…すみません。もう一度、おっしゃってください」

百合菜と波留は背格好や顔もそっくりで、よく姉妹や双子に間違えられた。

「はい。すみません。だから僕、その…男なんです」

小柄で可愛い波留を女の子だと勘違いする友人も多かったので、こういうのは慣れている。

「え…？　それは…大変な失礼をしました」

二人とも、ひどく驚いているのがわかった。

「あ、それは別にいいんです。日本でもよく間違えられるので」

ふふっと綻ぶような波留のやわらかい笑顔を見て、王子たちは本当に女の子じゃないのかな…？　と改めて不思議そうにしていた。

同時に、少しがっかりもしていたようだった。

「では改めまして波留王子、大変失礼しました。これからしばらくの間、よろしくお願いします」

「あ、こちらこそ」

たとえ国や人種は違えど、子供同士はすぐにうち解けるもので、その日のうちに波留は二人の王子と仲良くなった。

広い宮廷の庭でたくさん遊んで、陽も傾く頃になってから波留は離宮に戻ってくる。

帰省している母と姉弟の宿泊施設として用意されていたのがアザハの離宮だったが、そこには十人ほどの使用人がいて、来客の身のまわりの世話と食事の用意を担っていた。

離宮に来賓が滞在している間は、王家の衛兵たちが客人の護衛を行っている。

もちろん、王子である波留たちも例外ではなかった。

ドハ国王の計らいで、波留と百合菜はなぜか昼間は別々に行動していたが、夜は離宮で一緒に食事をいただき、昼間の話を交換するのが楽しかった。

それでもやはり時々は、波留も百合菜も日本のことがなつかしくなる時がある。

特に食事の面では日本食を恋しく思うことが多く、二人は自然と食が細くなった。

そんなある日、姉弟は朝食を食べられなかったのだが、なんと夕食に手打ちうどんがふるまわれて二人は大いに驚いた。

実は離宮にはレグという年配の給仕係がいて、それは彼の計らいだったようだ。

話を聞くと、食欲がない姉弟のため、レグは小麦粉からうどんを作ってくれたそうだ。

二人はそんな気配りのできる優しいレグに懐くようになって、時々遊んでもらったりもした。


隣国の王子たちはカディル王国の離宮でいつも波留と遊んでいたが、一緒に過ごすうちに互いの性格などもわかってきた。

波留は可愛い外見でとても協調性があるが、意外と意志の強い性格で活発な子供だった。

運動神経もよく、王子たちと一緒にロバに乗ったりボール遊びもよくする。

そんな中で、特に王子たちが興味を持って夢中になったのは、波留が日本から持参した剣玉だった。

波留の父は剣玉や独楽《こま》、凧《たこ》などというなつかしい遊びをよく知っていて、姉弟に教えてくれた。

だから波留は、そういう遊びが大好きだった。

王子たちは剣玉に夢中になり、難しい技を習得するため波留にコツなどを教わりながら楽しんでいる。

特にナディムは前から日本文化に興味があったと話していて、それを聞いた時、波留は二人と一緒に凧を手作りして揚げてみたいと思った。

翌日、さっそく意気揚々と材料調達をしようとしたが、いかんせん外国では難しくて…。凧を作る上で肝となる和紙は、父が趣味の紙漉《す》きで作ったものを持たせてくれていたので用意できたが、竹ヒゴが手に入らなくて困ってしまう。

そこで波留はレグに相談してみたら、明日、市場で探してきてくれると言ってくれた。

「ありがとうレグさん！　あの、市場に行くなら僕もついていってもいい？」

お願いする波留に、レグは大人の立場から冷静な答えを返す。

「私は毎日市場に行きますが、朝が早いし波留王子の安全も保証できません。ですからお任せください」

だがどうしても実際に見て材料を手に入れたい波留は、翌朝、離宮の衛兵を伴って市場に同行することにした。

建ち並ぶさまざまな店の中からレグに連れて行かれたのは、アジア専門の輸入業者の店。そこには竹細工の編み籠が売られていて、持ち手の部分を解くことで竹ヒゴを取り出すという荒技で手に入れることができた。

他にも綿の糸や絵の具もそろえることができ、波留はご満悦で頭を下げた。

「これで日本と同じ凧が作れるよ。本当にありがとうレグさん！」

帰り道、大量の食材を購入し、大きな荷物を抱えて歩くレグに波留が声をかける。

「僕が半分持つよ。でもすごい量だね。誰か他にもお客さんが来るの？」

「いやいや、離宮のみんなの一日の食材は毎日このくらいですよ。でも最近、私も歳のせいかどうにも足腰が弱って、離宮までの道を休み休み戻ってます」

「台車は？　台車を使えばいいよ」

気の毒になって波留が提案したが、道路が舗装されていないため台車を使うと食材を傷めてしまうのだと教えられた。

小さいことにもこだわりを持って仕事をしているレグに、波留は子供ながら感動した。

翌日、波留は苦労してそろえた竹ヒゴや紙、糊《のり》を用意してナディムとファルークに凧作りを教えていた。

ナディムは根気よく熱心に作っていくが、ファルークは細かい作業が苦手なようで、何度も紙を破いた。

「ファルーク、そんなに引っぱったら紙は破れるんだから、もっと丁寧に扱わないと」

「やってるよ！　この紙が薄いから悪いんだ。それにこの細い木も上手く曲がらない！」

イライラした様子のファルークは力任せにヒゴを曲げ、その瞬間、それはポキンと折れてしまった。

竹ヒゴは数がちょうどしか準備していなかったので、一本折れてしまったら凧は作れない。

「なんてことするんだよ！　丁寧にやらないからだろう？」

自分より一つだけ年下のファルークだったが、波留には精神的にずいぶん幼く思えた。

この国に来て数日もすると、子供なりに互いの性格のいい面も悪い面もわかってくる。

ナディムは他人に対して少し冷たいところがあるが、真面目で賢い。

ファルークは短気で怒りっぽいけれど、意外と優しい一面もあってとにかく素直だった。

「もう凧なんて欲しくない。こんなの折れる方が弱いし悪いんだ」

波留もまだ十歳だったが、昔から友達のことを思いやれる優しさを持っていた。

それは姉弟がハーフであるという理由から、子供社会でもいやなことを経験して培われたもの。

「そんなことない。丁寧にやらないから折れるんだろう？　ファルーク自身のせいだよ」

当然のことを指摘すると、彼はかんしゃくを起こしてから黙り込んだ。

「この竹ヒゴはカディル王国では手に入りにくいのを、わざわざ給仕係のレグさんが探してくれたんだ。僕も朝から市場に一緒に行って買ってきたんだぞ。苦労して手に入れたものなのに、簡単に折るなんてひどいよ！」

波留の剣幕に、ファルークはボソボソと言い訳を始める。

「……だって、上手くできないんだからしょうがないよ」

「なら力任せにやって折ってもいいの？　違うだろ？　物を大事にしないのはダメだよ」

波留はいつも、父にそう言われて育てられた。

母が外国人だったから、父は日本特有のさまざまな文化を、子供たちに懸命に教えてくれた。

「物を大事にするって…どうして？　壊れたら買えばいいじゃないか。僕の父さんは国王なんだから、お金をたくさん持ってる」

波留は子供ながらも気づいた。

二人の王子は、きっと物を大事にするということを教えてもらっていないのだと。

この地域では土地は荒れて作物は育たないが、石油が豊富に産出されるので国家は裕福だった。

お金があれば欲しい物はなんでも買えるから、物を大事にする習慣がない。

ましてや彼らは王子という身分だから、特にそうなのだろう。

「違うよ。この紙だって、父さんが日本の伝統文化を伝えたいって言って、わざわざ漉いてくれたんだからな。お金に替えられないものもあるんだよ。物を大事にするのは当然だろう？」

「…ごめん、なさい。そんなの知らなかった。だって誰もそんなこと言わないから」

「言われなくても、想像力があればわかるだろう？」

なぜ波留が怒っているのか今ひとつ理解できない弟を見て、ナディムが助言する。

「悪いけど波留、わたしにも物を大事にする感覚はわからない。自分で作ったことがないんだ」

波留はようやく状況を飲み込めた。

彼らは与えられるばかりで、なにかを自分で作ったことがない。

だから、物を大事にする理由が、意味が理解できないのだろう。

「そっか。わかったよ。なら、ちゃんと作ろう。この凧。そして空に飛ばそうよ！」

翌朝、三人は編み籠を丁寧に解体し、新たな竹ヒゴを手に入れることから作業を始めた。

とても手間がかかったこともあって、今日のファルークは紙も竹ヒゴも丁寧に扱っている。

自分で手作りすることで、ようやく物作りの大変さや楽しさがわかったようで、物を大事にする気持ちも理解できたように見えて波留はちょっと嬉しかった。

「波留、ほら見て！　僕の凧、完成だよ！」

「うん。ナディムも僕もできた！　じゃあ、みんなで揚げに行こう」

三人は護衛の兵士を伴って宮廷内の広い庭に出向くと、銘々が自分で作った凧を飛ばす。

日常的に風が強いこの国では、日本のように走らなくても凧は面白いほど高く揚がった。

「すごい！　見て見て、僕の凧、あっという間にあんな高くまで飛んだよ」

そこで一番はしゃいでいたのは、凧作りに苦戦していたファルークだった。

彼が作った凧は時々風に煽られて落下したけれど、そのたび走って拾いに行っては壊れていないかを確かめ、また何度も揚げて楽しんでいる。

「なんだか、めずらしいな。今日のファルークは」

「え？　ナディム、なにがめずらしいの？」

「今までのファルークなら、あんな遠くに落ちた凧を自分で拾いに行くことなんてなかった。誰かに行かせていたよ。でも…自分で作った物だから大事なんだろうな」

波留はその言葉を聞いて、本当に心の底から嬉しかった。

それから波留もまた、王子たちからこの地方特有の遊びを教わった。

三人は毎日一緒に遊んで、離宮の中を走りまわって母に叱られることもあったが、とても楽しい毎日を過ごしていた。

波留の周りにはいつも温かい空気が流れていて、そんな波留をナディムもファルークも大好きだった。


よく晴れた朝のこと。

朝食を終えた波留は時間を持て余して庭を散歩していたが、そんな時にある場面に出くわした。

厩舎《きゅうしゃ》から突き放すような声がしたので扉の陰からのぞくと、ナディムとその従者の姿がある。

「この馬はもうダメだ。足を痛めてから走るのが遅くなった。もういらないよ」

二人の王子はそれぞれ立派な自分の馬を所有しているが、ケガをして走れない馬を処分し、新しい馬を買いたいと話すナディムの言葉にショックを受ける。

「処分って、どういう意味？」

突然、彼らの会話に割って入った波留を、ナディムが驚いたように見た。

「どうって…使えない馬を生かしてたって、餌を食べるだけで役に立たない。だから走れなくなった馬は処分するのが普通だろう？」

顔色一つ変えずに平然と言ってのけるナディムにゾッとする。

「…殺すってこと？」

「あぁ。この馬は足が速いから高値で競り落としてもらったのに、もう役に立たない」

この国ではそれがあたり前のことなのだとしたら、止めるのは難しいが…。

でも、波留は懸命に考える。

この優美な栗毛の馬が処分されなくてすむ方法。

「なら、僕にくれない？」

ふと思いついたことを口にしてみると、ナディムは怪訝な目で波留を見る。

「別に欲しいならあげるけど。どうするんだい？　走れもしないのに」

「ありがとう！　なら、もらうね。ってことで、もうこの馬は僕のだし自由にしていい？」

「……どうぞ」

興味のない顔で答えるナディムの前で、波留は意気揚々と馬の手綱を引いた。

「でもさ、ナディムも一緒に来て」

強引な波留に引っぱられたナディムは、離宮の厨房の裏に連れてこられたが、そこでは給仕係の数人が仕事をしていた。

「おはようレグさん。今朝も忙しそうだね？」

「これは波留王子、と…ナディム王子。おはようございます。えぇ、今日も変わらず忙しいですよ。それにしても、ずいぶん立派な馬を連れてらっしゃる」

「うん！　実はさ、前に一緒に食材を買いに市場に行った時、レグさんは荷物が重いって話してたでしょう？　だからこのナディムの馬、ここで働かせてあげて欲しいんだ」

波留は考えた末に、走れなくても荷物の運搬くらいはできると結論づけてここに来た。

それに調理場なら余った食材もたくさん出るから、さほど費用もかからず飼育できるはず。

「そんな。いただけませんよ！　こんな立派なお馬なんて」

「あの…実は、この馬は早駆けの馬だったんだけど、足を痛めて走ることができなくなったんだ。でも普通に歩いたりはできるから、荷物を載せて運ぶことはできるよ」

「そうなんですか。ありがたい話ですが…本当に私どもがいただいてよろしいのですか？」

「もらってよ！　でないとこの馬、役に立たないから殺されてしまうんだ。レグさんがここで働かせてくれたら本当に嬉しいんだけど、ダメかな？」

処分される馬にとってもレグにとっても、すごくいい話だと波留は考えている。

「ええ、ええ。そんな理由なら、もちろんいただきますよ。大事に育てさせてもらいます」

その答えに波留は満面の笑みを見せて笑った。

人の言葉がわかるはずもないのに馬は嬉しそうに高らかに鳴いて、レグは綺麗に整えられたたてがみを優しく撫でた。

「ナディム王子、こんな素晴らしいプレゼントをいただけるなんて心より感謝します」

レグが王子に深々と頭を下げると、波留は苦笑いのナディムの代わりに答えた。

「レグさんがさ、この前、僕たちが凧作りをする時に竹ヒゴを探してくれたでしょう？　だから、そのお礼だってナディムが言ってる」

何度も感謝されると、ナディムは今まで感じたことがない、複雑な気持ちになる。

「ほら、ナディムもまだ竹ヒゴのお礼を言ってないだろう？　ちゃんと言って」

ナディムは不思議そうな顔で、それでも「ありがとう」と言った。

「もったいないお言葉です。この馬、大事にさせていただきます。足の悪い私には夢のような贈り物です。感謝いたします」

どうしてか、ナディムが涙ぐんでいるのに気づいたが波留は見てないフリをする。

「この馬、名前はなんというのでしょう？」

ナディムが答えると、レグはその名前を呼びながら背中を撫でる。

馬は鼻をこすりつけるように甘えて、誰の目にも喜んでいるように見えた。

調理場から厩舎まで歩きながら、ナディムがポツリと話す。

「波留…わたしは今日初めて、従者にありがとうって言葉を言った」

「え？　そうなの？　ていうか、今まで言ってなかった方がむしろびっくり。でも言ってよかったでしょう？」

「…よかった。それに…馬も殺さなくてすんだし。あんなに喜んでもらえてわたしも嬉しかった」

「うん、そうだね。ありがとうって魔法の言葉だよね。誰かに言えば言うほど嬉しくなるもん。不思議だよね」

「………波留は、誰も教えてくれないことを、いろいろわたしに教えてくれる」

「そうだっけ？　なにを教えたっけ？」

「『ありがとう』と『もったいない』」

「あははは、そうだね。どっちもすごく大事だよね」

波留がナディムの手を取ってギュッと握った。

「ねぇ、今日はなにして遊ぼうか」

駆け出す一歩はまだ小さいけれど、やがて彼らも立派な大人になる日がくるだろう。

夏休みも終盤にさしかかり、波留たちが宮廷の敷地内での遊びに飽きてきた頃のことだった。

ファルークがふと、思いついたように宮廷の外に出て冒険しようと言いだした。

「冒険？　それって、どこに行くの？」

少々不安げな波留だったが。

「王家のお墓がある秘密の場所に、連れて行ってあげるよ」

カディル王国を訪れてからは自由に遊ばせてもらっているが、いつも宮殿とアザハの離宮の敷地の中だけだったから、好奇心旺盛な子供にとっては少々刺激が足りなかった。

実は国境近くの砂漠の地階部分に、代々の王家の墓が密かに建造されていて、そこを波留に見せたいというのがファルークの提案だった。

「ファルーク。それはダメだ…あの場所は危険だし、ドハ国王がお許しにならないって」

当然、年長者のナディムはそれをたしなめる。

「わかってるよ。絶対に崖を降りたりしない。ただ、その場所を見せてあげたいだけだ」

王族の者にしか知らされていない王墓の場所を、波留に教えたかっただけなのだが…。

「……そうだな。波留に王墓の場所を教えてあげたいな。でも…敷地の外に出ようとすれば衛兵に見つかって止められるぞ。どうするんだ？」

「大丈夫だよ。今からかくれんぼをして遊ぶって言えば、僕たちの姿が見えなくなっても誰も探さないって。隠れるフリをして三人で城を抜けだそう」

実際、宮廷内は平和そのもので、衛兵はよく子どもたちを監視しながら昼寝をしている。

そして彼らはファルークの提案通り、隠れているフリをしながら波留の部屋にある地下通路を通り抜け、まんまと宮廷の敷地外に出ることに成功した。

なぜそんな地下通路があるのかというと、万が一、外敵に攻め込まれた時、王族を密かに城外へと逃がすためだった。

子供というのは遊びに関する好奇心は信じられないほど旺盛で、無茶をしがちだ。

そして、悲劇は起こってしまう。


宮廷を抜け出た三人は、そのまま王墓のある場所が見渡せるというバーン山に登っていた。

山頂に建立された立派な寺院の裏側は高さ十メートルほどの崖になっているが、その下には荒涼とした岩の平原が広がっている。

だがその岩の大地の下、地階層を掘り抜いた空洞に、王家の墓が密かに建造されていた。

本来、寺院の内部から崖下に降りるための隠し階段があるらしいが、王子たちはまだ子供だからと教えられていなかった。

実際、その階段を使えないとなれば、崖下に降りるためにはバーン山の周囲をぐるりと半日かけて遠まわりして行くしかない。

ナディムとファルークは王族だけの秘密の場所を、崖上から一度だけでも波留に見せたくて、この場所に連れてきたというわけだ。

てしまう。

寺院までの山道を三人は意気揚々と登っていたが、その時彼らは、恐ろしいものに遭遇し
この頃、墓に埋蔵された金品や寺院の調度品などを狙う盗賊が横行していたこともあり、
この寺院では番犬としてドーベルマンが飼われていた。
そんなこととは知らずに山頂までたどり着いた三人は、神聖な寺院を眺めながらその外周の歩道を通って崖を目指していたが……。

「うわっ……！」

突然、しっくいの壁から黒い巨大なドーベルマンが姿を現して、三人は息を呑む。

「っ…どうしよう。ナディム…」

波留は震えあがってしまい、顔面から見る見る血の気が引いていく。

「とにかく一緒に逃げよう。でも、野生の獣には背中を向けちゃダメだって聞いてるから、そっと…ゆっくりうしろに下がって…」

三人は番犬を刺激しないよう、一歩ずつあとずさっていったが、運悪くファルークが石版の角に足を引っかけて転んでしまう。

「あ！」

「ファルーク！」

波留が手を繋いで小柄なファルークを引き起こすが、その瞬間、ドーベルマンは弾かれたように猛進してきた。

それを見た三人も一気にきびすを返すと、一目散に逃げ出す。

だがドーベルマンは尋常ではない速さで見る見る迫ってくる。

逃げた方向が悪かったようで、彼らはどんどん崖の方に追いつめられていき、ついに逃げ場がなくなってしまった。

眼前には黒い巨大な番犬。

うしろには十メートルはある崖という絶体絶命の状況だったが、睨み合いは長くは続かなかった。

番犬として訓練されたドーベルマンが吠えながら飛びかかってきた瞬間、波留は恐怖から一歩後退してしまい……。

あっ…と叫んだのは踵が大地を踏む感触がなかったからで、足下から一気にバランスが崩れる。

「波留っ！」

ナディムとファルークがとっさに両側から手を伸ばして摑んでくれたが、落下する体重を支えきれず、そのまま三人は崖から落ちてしまった。

幸い、崖の壁面は垂直に切り立っているわけではなく、わずかに傾斜していたため、彼らは崖下まで転がるようにして落下した。

ドンという音とともに砂ボコリが舞いあがって、三人の身体の上に小さな落石が降りかかる。

やがてすべての動きが止まった時、あたりは恐ろしいほどの静寂に包まれた。

「…っ……波…留、大丈…夫か?」

ひどく細い声でナディムが最初に声をかけた。

「う…ん。僕は、多分大丈夫…あちこち、ぶつけたみたいだけど」

「ファルークは? ファルーク!」

呼んでも返事がなくて、二人が血相を変えてあたりを見まわすと、少し離れた場所に額から血を流して倒れているファルークを見つけた。

驚いたナディムが駆け寄ろうとしたが、なぜか立ちあがれない。

「っ…ダメだ。ごめん波留、わたしは足が…痛くて、立てないみたいだ」

「わかった」

波留は倒れているファルークのところまで急いで駆け寄ると、跪いて肩を揺すってみる。でも彼は完全に意識を失っていた。

額に傷があることから考えると、落下した時に頭を打って脳しんとうを起こしたのかもしれない。

「波留っ、ファルークは大丈夫なのか?」

身をかがめて小さな胸に耳をあてると、ちゃんと規則正しい心音が聞こえた。

「うん。気を失ってるだけだと思うけど、でも…頭を打ったみたいだから急いでお医者さんに診《み》てもらった方がいいよ」

「わかった。すぐに崖を登って誰か大人を呼んで助けてもらおう。でも、わたしは足が…」

ナディムはもう一度、今度は膝を使って立ちあがろうとしたが、やはり立てない。

「いいよ大丈夫。ちょっとすり剝いてるけど、歩けるから僕が崖を登るよ。寺院にいる神官に助けを呼んでもらうから」

「波留、この崖には降りるための隠し通路があるらしい。でも、わたしたちはまだ子供だから教えられてないんだ」

「そうなんだ。探しても見つからないよね？」

「…簡単には、わからない場所にあるらしいから…」

「なら、仕方がないよ。やっぱり僕が崖を登るしかない」

その勇気ある決断に感謝しつつも、ナディムは不安をぬぐえない。

「でも、波留。もしかしたら…」

ナディムはその先を言葉にできなかったが、理解した波留は唇を嚙んでうなずいた。

「わかってるよ。さっきの…あの大きなドーベルマンがいるかもしれないってことだよね。でも行くしかない。ファルークを助けなきゃ。それにナディムの足もすごく腫れてきた」

本人は気づいていないようだが、足首がずいぶん腫れていた。

捻挫《ねんざ》はひどいものになると、骨折より厄介だと小学校の友達に聞いたことがあった。

「あぁ…いや。わたしのことは大丈夫だけど。でも…波留、本当に気をつけて」

「ありがとう」

結局、かろうじて軽傷だった波留が崖を登って助けを呼びに行くことになった。

波留は寺院の建つ高い崖を見あげた。

十メートルの距離は、落ちるのは一瞬だったが登るにはおそらく困難を極めるだろう。

でも崖は垂直の絶壁ではなくわずかでも傾斜があって、まだ幸いだった。

「よし」

思わず武者震いした波留は、一つ声を出してから張り出した岩に足を乗せて最初の一歩を踏み出した。

崩れそうにない出っぱりを見極めながら、少しずつ慎重に登り進めていくが、意外にも高さが出てくると小さな身体でも風の抵抗を受けるようになる。

落ちないように岩を強く摑むことで、爪や手が裂傷を起こして指先や掌から出血し始めた。

痛みで音をあげそうになったが、自分より幼いファルークを助けなければという使命感が子供ながらも波留を突き動かす。

「もう少し。あと五メートルくらい…大丈夫。できる」

自分を鼓舞しながら、波留は着々と登っていく。

もう少しで頂上にたどり着くと思った時、足を乗せた岩が急に崩れ落ちた。

「あっ！」

短い悲鳴をあげた波留だったが、なんとか張り出していた木の根っこを握りしめて落下を免れた。

「波留っ！　大丈夫か？」

ナディムの心配そうな声に、ただうなずくしかできなかった。

今、声を出せば泣き出してしまいそうだからだ。

腕も足もずっと力を入れているためすでに限界だったが、最後は精神力だけで崖を登っていき…。

ようやく右手が頂上の岩場にかかって、一気に登りきった。

「はぁ…はぁ…」

その場に倒れ込むと、波留は仰向けになって荒い呼吸を繰り返す。

「波留、波留っ」

崖下から聞こえる心配そうな声に励まされて身を起こすと、大丈夫だと手を振った。

「待ってて。ちゃんと助けを呼んで急いで戻ってくるから」

おそらく、寺院の敷地に入ったらあのドーベルマンがいる。

ふと足下に落ちていた子供の腕ほどの木の枝を拾うと、波留は何度か振ってみた。

「こんなんじゃ威嚇にもならないだろうけど、ないよりましだよな」

そう言って寺院を目指して駆けだしたが、裏門を入ったところで動きが止まってしまう。

不気味な唸《うな》り声をあげ、先ほどのドーベルマンが波留を待ち受けている。

中には一歩も入れないと言わんばかりの威嚇だったが、逃げるわけにはいかなかった。

波留が木の枝を大きく振りまわすと、番犬は一瞬怯んだ。

それをチャンスとばかりに脇を通り抜けたが、ドーベルマンは激しく吠えながら追ってくる。

しっくいの壁伝いに走って、寺院の扉を開けて中に飛び込んだが、閉まる前に追いつかれてしまった。

「誰か、誰かいませんか！」

波留の声は高いドーム型天井の聖堂の中に響き渡る。

だがその時、寺院への侵入を許してしまって怒り狂うドーベルマンが、波留に襲いかかってきた。

「うわぁぁぁぁっ」

大きな黒い塊が波留の上に飛びかかってきて、勢いのまま仰向けに倒れ込む。

犬は吠えながら波留の喉元を狙って牙を剝いたが、枝を盾にして懸命に攻撃をかわした。

だが子供の抵抗などものともせず、次の瞬間、鋭い牙が波留の腕に食らいつく。

「っ！　ぅ…あぁぁ」

激痛が走り、ドーベルマンの牙をはがそうと躍起になるほど深く食い込んだ。

「っ…ぅ。ごめん。ファルーク…」

腕や胸が急に温かくなって、その原因が噴き出した自分の血潮のせいだとわかった時、意識が遠のきかける。

そしてかすかに、誰かの声が聞こえた。

「ドメス。すぐにその子から離れるんだ！」

命じられたとたん、ドーベルマンは波留の上から嘘のように素直に飛びのいた。

「君、しっかりするんだ！　あぁ、これはひどい。すぐに医者に連れて行くからな」

波留が重いまぶたをあげると心配そうな神官の顔が目の前にあって、ようやくホッとした。

「あぁ…よかった。お願いが、あります…崖の下に、まだファルーク王子と…ナディム王子が。ファルークは頭にケガをしていて、急いで助けてあげてください」

それだけは懸命に伝えると、神官はわかったと言って強くうなずいてくれた。

おびただしい量の失血のせいで、波留の意識はゆっくりと途切れていった。


その後、王家の衛兵に救助されたナディムとファルークは、幸い軽傷ですんだ。

ナディムの足首は捻挫、ファルークは脳しんとうと、どちらも検査の結果は問題なかった。

だが波留の二の腕の傷はひどく、犬歯が動脈まで損傷させていた。

体内の三分の一の失血は生命の維持を左右する数値で、命の危機と隣り合わせの手術は数時間にも及んでいる。

国内屈指の外科医による手術が行われている間、ナディムとファルークは病院内にある寺院で懸命に祈っていた。

「神よ。波留の命を救ってください。そうすれば、わたしたちは生涯をかけて波留と神のために尽くすことを誓います」

「どうか。お願いします。波留が助かったら、生涯の忠誠を神に捧げ、波留に償います。どうか波留の命を奪わないでください」

懸命に祈る王子たちの願いが通じたのか、長い手術の末に波留は命を取り留めた。

だが……。

幸か不幸か、波留は麻酔から意識を取り戻した時、崖から転落したこともドーベルマンに襲われて命の危機にさらされたことも、そのすべての記憶を失っていた。

手術後、母のエルハムが病室の波留に、ケガの原因となった崖でのことやドーベルマンに襲われたことを話したが……。

とたんに波留は大きな声を出して耳をふさぎ、パニック症状を起こしてしまった。

その様子を見ていた執刀医と精神科医は、ＰＴＳＤだと診断し、波留にとって恐怖の経験を無理に思い出させない方がいいと伝えた。

もちろん真実を本人に話すことも、周囲の人間に固く禁じた。

本人にその時の記憶はなくても、身体と心に癒《い》えない深い傷を負った波留。

自分たちを助けるために生死の境をさまよった波留にナディムとファルークは深く感謝し、願いを叶えてくれた神に謝意を示すとともにある誓いを立てた。

自分たちは将来、波留のそばで彼を護り、生涯をともに過ごすこと。

「ドハ国王、どうかお願いします。わたしたちは神に誓いました。波留の命を救ってくれたなら、神と波留に生涯の忠誠を尽くすと」

神との約束は絶対だ。

「将来、わたしたちはなにがあっても波留を護ります。だから波留と一緒にいさせてください」

懸命に訴える二人の幼い王子の言葉に、ドハ国王は深く感銘を受けた。

「もしもこの先の未来で…二人が成人したのちも同じ想いを持ち、そしてなによりも波留自身がそれを望めば願いを叶えてやろう」

「はい。約束します」

「忘れないでください。ドハ国王」

今現在、老いたドハ国王が当時、二人の王子と交わした約束を覚えているかは不明だったが、信仰心の強い王子たちはずっとその忠誠心を胸に成長してきた。

だが残念なことにいくら時が流れて波留が成長しても、その事件や自分たちとの約束を思い出すことはなく…。

ナディムとファルークは何度も日本へ手紙やプレゼントを贈ったが、すべて友情の印としか思っていない波留のことが哀しかった。

でも医師に止められている以上、真実を告げることは家族でさえできなかった。

アザハの離宮で目を覚ました時、波留は一人きりの寝台の中で泣いていた。

「あぁ、そうだ。思い出した…全部、思い出した…」

奇しくも昨日、ドーベルマンに襲われたことで、過去の記憶を取り戻すことができた。

確かめるように、二の腕に残った傷跡に触れてみる。

「そして……これは…」

ベッドに身を起こし、そっと胸のペンダントを手に取った。

「そうだ。このペンダントは、二人との約束の証だった…」

波留が日本に帰国する前の夜、ナディムとファルークから約束の証として、このペンダントを渡された。

まだ幼い二人の王子は、だがその時、間違いなく波留に懇願した。

波留が成人してカディル王国に戻ったら、自分たちと一緒にいて欲しい、結婚して欲しいと…。

不思議なことに、今ならあの時の二人の声が、耳元で聞こえるような気がする。

『わたしは波留のことが好きです』

『僕も、波留が好き』

そして、誓いの証として二人から密やかに唇にキスをされたが、あまりに驚いて返事をすることもできなかった。

幼い日、最初に出会った時、波留を女の子だと間違えた王子たち。

二人は短い夏休みを波留と一緒にすごす間も、その仕種や表情を可愛いと思っていた。

それ以上に、一番に綺麗だと感じていたのは、波留の優しさと強い心。

あの頃の気持ちが最初から恋だったのかは今でもわからないが、二人の王子にとって波留は今でも特別な存在であることは間違いない。

誰かに感謝する気持ちや、ものを大事にすることの大切さを教えてくれた波留は特別で、その気持ちは親愛以上だった。

この地方では同性婚もあることから、波留に対する気持ちを二人は自然に受け入れていた。

そして今…失っていた波留の記憶が戻った。

取り戻した記憶が正しいことを示す、腕に負った傷は今もかすかに残っている。

波留はその傷に触れて、また涙を流した。

だがその涙には、別の意味も含まれている。

「二人が…どうして僕に優しくしてくれてたのか、思い出した。でも…」

たとえ二人が今でも本気で自分を想ってくれているとしても、彼らは姉、百合菜の花婿候補だ。

結局、波留は刹那の身代わりに過ぎない。

そう気づいた時、とてつもない虚無感と絶望に襲われた。

「どうしようどうしよう。ようやく記憶が戻ったのに、こんな哀しい結末が待ってるなんて。そうだよ。僕は…ナディムとファルークのことが好きなんだ。好きに…なってしまった」

言葉にした時、その感情はすんなりと胸の奥に落ちて収まった。

「でも、いずれ二人のどちらかが姉さんと結婚することになる。その未来は変えられない」

哀しくて切なくて、涙は止まらなかった。


翌朝、ようやく幼少時の事故の記憶と約束を思い出した波留は、朝食の前に王子たちの居室に出向いた。

「あの…ナディム、ファルーク。聞いて欲しいんだ。実は僕……ようやく思い出したんだ。全部、あの日、王墓を見に行った時、バール山の寺院でなにがあったのか」

「波留…」

ナディムは嬉しい気持ちの反面、波留の精神的なダメージを気遣う。

「大丈夫なのですか？　思い出して…怖くはない？」

「うん、大丈夫みたい。心配してくれてありがとう」

ふと、波留は疑問に襲われる。

自分はいったいいつ、ナディムとファルークのことを好きになったのかと。

答えはすぐにわかった。

きっと、砂漠の盗賊団に襲われて、二人が助けに来てくれた時だ。

おそらくあの時、好きという感情が身体の芯で完成された。

「なぜ泣く？　やっぱりまだ怖いんじゃないのか？」

辛くて涙が止まらない。

「違うよ。違う……二人のどちらかが、姉さんと結婚するからだよ…」

ファルークが、意表を突かれたような表情で声をあげる。

「え？　………波留、まさか…」

「それは、波留がわたしたちを好きだということですか？」

同じように、ナディムも感嘆の声をあげた。

「っ…そうだよ！　僕は、ナディムとファルークを好きなんだ。だから、ずっと一緒にいたいんだ」

「ようやく…ですね」

ナディムは、ぼそりと満足げに瞳を輝かせてつぶやく。

「波留。お前が俺たちを好きなら、もうなにも心配することはない。なぜなら…」

泣き続ける波留の肩を優しく抱きながら、ファルークがなにかを言いかけるが、あわててナディムが阻止する。

「だめだ。約束を忘れたのか？」

それに反論しようと口を開いたファルークだったが、結局は悔しげに引き下がった。

「あの…ファルーク、なに？　なにかあるの？」

隠しごとでもあるような二人の口ぶりだったが、訊いても答えてくれない。

「波留、今はそのことは忘れて欲しい。でも、わたしたちを信じて一緒にいましょう。いいですね」

これ以上、詳しい答えが返ってきそうになくて、波留はただうなずくしかなかった。

果たして、この想いが報われる日が来るのだろうか？

姉の婚約者に対して、こんな想いを抱く自分を責めてしまいそうになる。

「あの、姉さんのことだけど、やっぱりまだ連絡が取れないんだ。大丈夫なのかな？」

最後の電話で、姉はしばらく連絡できないかもしれないと話してはいたのだが…。

でも実際、何日も連絡が途絶えると不安になってしまう。

数日前からは、電話をしても姉の携帯は電源さえ入っていなくて、波留の心配は募った。

「波留、百合菜女王なら大丈夫だ」

「おいファルーク！」

「そのくらいなら話してもいいでしょう？　俺たちの花嫁が、こんなに不安なんだから」

哀しげな波留の目を見て、ナディムもうなずくしかなかった。

「波留、実は百合菜王女は今、隣国…我々の故郷、ラシム王国にいるんだ」

「え？　どうして？　仕事ってこと？　でも、なぜ連絡がつかないの？」

相変わらず二人はそれには答えなかったが、姉が無事ならとにかくよかったと波留は胸を撫で下ろした。

だがその翌日からも、波留は終始落ち込んだ様子で食欲もなく、王子たちはとても心配そうにしていた。

だからファルークの提案で、王都の中心地にある野外演劇舞台に波留を観劇に連れて行くことにした。

どこにも行きたくないと断るのを説き伏せて会場に入った彼らは、王族が観劇するための特別な箱席に三人で座った。

箱席は四隅にポールが立てられていて、天蓋部分から薄手の御簾《みす》がかかっている。

それによって、外からは箱席に王族の誰が観劇に来ているのか、わからない仕組みになっていた。

カディル王国は治安がいいと言われているが、王族は常に危機管理に抜かりがない。

今日の波留は王子たちに勧められてバラディ舞踊の衣装を着ている。

でも正式なものではなく、セクシーさを強調した衣装のように見えた。

俗っぽい言い方をすると、日本でハロウィンの時に見る、いかにもアラビアンを意識したコスプレ衣装のようだ。

上には濃いピンクのチョリを着て、薄手で生足が透けて見えてしまうようなハレムパンツ。

当然、上下がセパレートになっていて、お腹が見えている衣装は妙にセクシーだ。

装飾品も真珠やダイヤではなく、エメラルドやルビーなど、派手な色合いのものをあえて身につけられた。

今日、演劇舞台で興行されていたのは、波留が教えていたダンスと同じバラディで、スタイルのいい美女数人が腰を使って華麗な舞を披露している。

もちろん音楽も生演奏で、扇形に造られた階段状の野外舞台には臨場感いっぱいの音が響き渡っていた。

「波留、いかがですか？　この前、本場のバラディが観たいと話していたでしょう？」

「うん。そうだね…ありがとう」

確かにこの観覧は波留のたっての望みでもあったが、今は集中して観ることができない。

理由は明確で、数日前から今も、ずっと気持ちが揺れているからだ。

だがファルークは、そんな態度も気にせず波留に問いかけてくる。

「気が乗らないみたいだな。なら、波留…ぜひ聞かせてくれないか？」

「え？　なにを」

ファルークが、悪戯な瞳を向けてくる。

こんな顔をする時の彼は要注意だと、この頃わかってきた。

「もしも波留が身代わりではなく、本物の王女だったとしたら…」

「え、なに？　どういう意味？　僕が…もし姉さんだったら？」

「そうだ。俺たちが本当にお前に求婚して、どちらかを選ばないといけないとしたら、どうする？　波留は当然、俺を選ぶだろう？」

こんな無茶なことを言い出すファルークを、いつも必ず止めてくれるはずのナディムを見ると、彼も興味深い瞳をしている。

「え？　ナディムまで…？」

「そうですね。それは、わたしも知りたいところです」

彼の意外すぎる発言に戸惑いと驚きばかりで、ただただ困った様子で目を泳がせる。

「なぁ波留、俺にしておけ。お前の運命の相手は俺なんだ。それに、波留は俺の命の恩人なんだから」

「ファルーク、それはわたしも同じですよ。わたしは優しい夫になりますし、生涯、波留だけを妻にすると誓います」

二人の様子から察するに、彼らは本当にその答えを聞きたいのか、単に戯れたいだけなのかわかりにくかった。

「俺も波留だけだ！　だから俺にしておけ」

いたずらに求愛の言葉を畳みかけられ、波留は戸惑いを深くしながら言った。

「そんな、ありもしないことを僕に訊くなんて無意味だよ」

もう少ししたら、二人の王子のどちらかは姉の夫になって、自分は離れなくちゃいけないのに！

波留はそんな不平を飲み込んだ。

「大丈夫ですよ。わたしたちは、波留とずっと一緒にいられるように努力しますから」

「そんなの無理だよ。どうやって？」

「俺たちが本当に愛しているのは波留だからだ」

根拠もないのに自信たっぷりに二人は話す。

「でも…無理に決まってる。そんなこと許されるわけない！　僕は…こんなに二人が好きなのに、好きにさせておいて、結局最後は離れるしかないなんて…本当にひどいよ」

「信じてください。わたしたちは生涯一緒です」

「嘘っ！　そんな嘘、誰が信じるっていうんだよ。それに…二人は僕を好きだって言うけど、それは神に誓ってしまったから仕方なく、僕と一緒になるってことじゃないの？」

波留の今の吐露を聞いた瞬間、ナディムとファルークの顔色が変わった。

それは波留をずっと愛してきた二人にとって、絶対に本人が言ってはいけない言葉。

まさに地雷だった。

「波留！　貴方はわたしたちの愛を疑うというのですか？　貴方と離れていた十五年もの間、わたしがどれだけ波留を想ってきたか」

「俺たちとした約束の記憶を失っていた波留にはわからない。俺がどんなに歯がゆい想いで波留が帰ってくるのを待っていたのか。それなのに、百合菜王女の花婿候補に選ばれた時の落胆を、お前はわかるまい」

二人がこれほど怒りをあらわにしたのは初めてで、波留は動揺して口を閉ざす。

「ごめん、なさい…僕…」

「もういいですよ。何度も言ってるでしょう？　貴方はなにも心配いらないのです」

「そんなに不安なら、波留の不安を今から消し去ってやるよ」

「え？　あの…なに、ちょっ…ぁ、待って！」

「波留がこんな哀しい顔ばかりするのなら、全部を忘れさせてあげますよ」

ナディムが波留の頭を覆っているヒジャブを外し、上衣に大胆に手を伸ばしてくる。

波留は心底驚いて身を固くする。

「嘘っ。だって、こんな人の多いところで、やだよっ」

「誰にも見えませんから安心なさい。御簾の中から外は見えますが、逆はほとんど見えません」

「ほとんどって…少しは見えるんじゃないか」

「まぁ、なにをやってるか…くらいはわかるだろうな。でも、波留が声を抑えていれば誰も注目しないし気づかれないさ」

まるで示し合わせたかのような息の合った連携で、波留は二人の王子に着衣を乱されていく。

「やだっ。全部は脱がさないで。お願い…裸にしないで」

「それは残念だが、わかった。いいだろう」

波留自身は自覚していないが、半裸に剥かれた状態の方が壮絶に色っぽい。

しかも野外で人の多い場所という異常なシチュエーションでのセックスは、人をひどく興奮させる。

「裸にしない代わりに、俺の上に座るんだ。さぁ」

そう命じたファルークが、急に通る声で侍女を呼んだ。

「ジュラ、聞こえるか？　聞こえたなら、急ぎ香油を持ってきてくれ」

箱席から少し離れた一般席にジュラとマーナは控えていたが、そのことを完全に忘れていた波留は震えあがった。

「はい…わかりましたファルーク王子。すぐにお持ちします」

ジュラは素早く立ちあがって、どこかに姿を消してしまう。

「やだっ…嘘！　やめてよ…こんなところでなんて、無理だよ」

侍女の熱烈な恋心などついぞ知らぬファルークに罪はないが、その命令は残酷すぎた。

やがてジュラは、王子たちがなにに使うのかを知りながらも香油を調達してくる。

そして唇を嫉妬と怒りで震わせながらも、御簾の外から声をかけた。

「ファルーク王子、ご所望のもの、ただ今お持ちしました」

御簾が少し開いてファルークが手だけを出して受け取る時、上半身を裸にされた王女が、足を広げてファルークの膝の上に座らされているうしろ姿が見えてしまった。

それは一瞬のことだったが、色白の輝くような肌の背中があまりに綺麗で目に焼きついてしまう。

「ありがとうジュラ、もう下がっていい」

恥ずかしがる波留の意を酌《く》んで、ナディムが二人の侍女を下がらせる。

聞こえないくらいの音で舌打ちをしたジュラは、勢いよくその場を離れた。

「さぁ波留。もう侍女たちはいなくなったから、思う存分に啼いてくれよ」

「でもまだ…」

少し離れてはいるものの護衛が控えているし、周囲には観劇をする国民が大勢いる。

「気にすることはない。これも王族の嗜《たしな》みだから、我々がどこで誰と睦もうと国民にはばかることなどないんだ」

「そんな……だからって…ッ…」

反論しようとした波留だったが、背後から広げられた尻の溝をぞろっと撫でられて息を詰めた。

「あ！　ナディム、やだ…それ…」

ナディムは背中に逞しい胸板を押しつけるように密着してきて、波留は前後から二人の王子にサンドイッチ状態にされて息を呑む。

「ふふ。波留をおとなしくさせるには実力行使が一番ですね。さぁ中に香油を塗りますよ。力を抜いて」

あたりには弾けるような打楽器の生演奏が響き渡っていて、人々は熱いダンスの繰り広げられる舞台に熱狂している。

「あっ…や、ぁあっ…入ってくる。ぁ、ぁ…ぅ」

気づかれるはずはないと信じたいが、それでも人々の歓声や話し声も聞こえる距離で抱かれることに、激しい抵抗があった。

イケナイことをする時に感じる、背徳に似た感情。

「いい反応ですね。今度は前立腺をこすってあげますよ。波留はここが好きでしょう?」

「ひっ…そこ、ぁ…ダメっ…ぁ、は…っ」

懸命に声を抑えなければならないことが興奮を煽り、見られているかもしれない不安が肌を過敏にさせる。

さらに御簾の中からは外が丸見えで、いくら王子たちに外からは見えないと言われても信じられない。

誰かがこちらを見ているようで、多くの視線を感じる気がしてたまらなかった。

「あっ…ぁぁ、あ、ダメ…ファルークまで…あぁ」

目の前のファルークも我慢できないとばかりに孔に指を忍ばせてきて、小さな蕾は二人からの熱烈な洗礼を同時に受ける。

さらにナディムはもう片方の手で、波留の雄茎をやんわりと包んだ。

「ぁ! は…ふぅ…ぅ」

節の高い男の指が笠の縁に沿うように撫でこすると、波留は甘い音を唇からこぼして細い顎を突きあげる。

前からもファルークが蜜をこぼし続ける淫猥な鈴口を、指の腹でこすり倒した。

「ああ…ん! ふぁ…それ、どっちも。やぁぁ…っ」

「嘘をつくのはよくないぞ波留。イイんだろう? ほら見ろ。お前の小さい口は涙をこぼして悦んでるぞ」

「ぁぁ、それは。ちがっ……涙じゃ、ないよぉ…もぉ…やめて…ぇ」

「やめて欲しいのか？」

すでに二人の調教が完了したのかと思えるほど、最近は波留の反応がいい。

悔しげに唇を噛んでも、身体は嘘がつけなかった。

「ぁ…ぁ。いやだ………触るの…やめ、ない…で」

降伏とも取れる告白に、雄たちの忍び笑いが波留の前後から音と振動で伝わって、ゾクッと背中が震えた。

尻の狭間では、まだ秘孔を広げる丁寧な作業が、二人がかりで継続されている。

「あっ…ああ。やぁ………それ…なんか、いつもと違う…よぉ」

「さすがは波留、よくわかりますね。今日の香油は粘度が本当に素晴らしい」

ヌルヌルとよくすべるそれは、波留の秘孔をやわらかく蕩けさせていく。

「うん…ふ、ぁう…それ、ダメぇ」

時折、本気の目で波留が制止を訴えるが、気の強さが垣間見えるその表情は、王子たちの気をよくさせる。

二人の指が徐々に増えていって、まるでもてあそぶように熟れた襞を掻きまわして甘い声をあげさせていた。

腰が溶けるほどの甘美な快感が、背筋を這いのぼる。

「知ってるか波留。お前の中は脈打って、早く男が欲しいと蠢いているぞ。わかるか？」

ファルークは言葉で辱めながら、俺が先に…と、ナディムに目で合図を送る。

「仕方がない。お前が終わったら即座にわたしが挿る」

二人の会話の意味を推し量る前に、腰の奥に重苦しい衝撃がズンときた。

「あっ！　ぁぁッ。大きぃ…それ、大きいよ…」

蕩けた秘孔は貪欲にズブズブと雄を飲み込んでいき、波留は少し怖くなって途中で膝を立て、さらなる挿入を阻止してしまう。

「なにを言ってる？　俺のサイズはいつもと同じだ。今日は波留が狭いんだよ。国民たちに視姦《しかん》されて興奮しているせいじゃないのか？」

ファルークの言葉に、あわてて周囲を見渡す。

少し離れた距離にいる男性が、明らかにこちらを見ている。

向こうから中は見えないとわかっていても、目が合っている気がして肌がカッと火を噴いた。

「さぁ、足を踏んばってないで前に出してみろ。しっかり俺の膝の上に座り込んで奥までくわえ込め」

ファルークが向かい合った波留の膝を掴み、強引に足を前に伸ばさせる。

その瞬間、身体を支えるものをなくした波留はファルークの剛直の上に座り込み、深々と飲み込んでしまって悲鳴を放った。

「ひぁぁっ…！」

甘やかな声が突然あたりに響いたことで、周囲にいる民衆の何人かは御簾の中で行われている淫靡な営みに気づいて興味を持ったようだ。

「やだ！　あの人たち、こっちを見てる。やぁっ。誰かに…見られてる…よぉ」

「別にかまうな。見せてやればいい。波留の破廉恥な姿をたっぷりとな」

見えないと言ったくせに、意地悪なファルークの言葉で不安になる。

それに、たとえ見えていなくても声で気づかれていると思うと、恥ずかしくてたまらなかった。

波留は知らず、唇を噛みしめる。

「さぁ波留、そろそろセックスに集中しましょうか。ファルークに早く終わってもらわないと、わたしももう待ちきれませんから」

背後から急いたナディムがさらに密着してきて、感度を高めようと乳首を強めに摘む。

「はぁ…ん！」

恐ろしく甘露な喘ぎが放たれたことで、また何人かがこちらに視線を流す。

「本当に可愛い乳首だな。弾力があって揉み心地は最高にいい」

若い男女がこちらを見て、興味深げになにか噂《うわさ》をしている。

「やぁ…ぁぁ。見られてる…」

「気にしなくてもいいのですよ。気になるなら、外野の音を聞こえなくしてあげましょうか？」

ナディムに耳たぶを口に含んで吸われると、とたんに息が詰まる。

「うぅ…こんなの、恥ずかしすぎる…よぉ」

わざと音を響かせるように舌でねぶられ、さらに熱い息を耳腔に吹き込まれてしまうと、うなじがゾクゾクした。

「まぁ、この御簾の中で誰かが寵愛を受けていることは、もうバレてるだろうな」

乳首を弾かれ、快感で弓なりにしなる背中がナディムにもたれかかると、中に埋まった竿の角度が変わって波留はまた湿った声で啼く。

「はぁ…ん…だめぇ。そこ、そこ…感じる…から」

ファルークの息が荒くなり、いよいよ本格的に下からの突きあげが始まる。

ガクガクと淫らに揺らされながら、耳朶《じだ》や乳頭までいじめられ、二人の美丈夫の逞しい肉体の狭間で波留は甘く悶えて泣きじゃくる。

前立腺を何度も繰り返し狙って突きまくられると、小さな鈴口からは、やがて熱い精液がほとばしった。

「ぁぁ！　あっ…ぁぁぁ」

そしてファルークも一呼吸置いたあとに波留の中で絶頂を迎え、その振動が背後のナディムにも伝わった。

「あぁ…ぁ。終わった、の？　ファ…ルーク。なら…早く。もぉ…抜いてぇ」

そのままにしていれば、すぐに彼のペニスは力をよみがえらせることを知っている。

懇願する声は誘うように甘く嗄《か》れていて、唇の端から無意識によだれまで垂れると、ファルークは苦笑しながらも舐めてくれた。

「抜くぞ波留」

「うん…」

まだ多少の硬さを保持している雄が出ていくと、波留はようやく息を吐いた。

だが油断した次の瞬間、背後から腰を持ちあげられ、本当の悲鳴が喉をつんざく。

「あぁぁぁぁっ。そんな…嘘…だって、まだ…ぁぁ、ナディム。待ってお願い…」

「無理ですよ。もう待ちきれない。わたしだって波留が欲しくてたまらないのですから」

うしろから挿入されたせいで、さっきとはこすられる箇所がまったく違っていて、波留は己の意志に反してまたすぐ快感に溺れ始める。

「やだ、ぁぁ…ん、ふぅ…」

息もあがりきって呼吸も苦しいのに、それを上まわるほどの快感が襲う。

「ふふ、今日は…なかなか素晴らしい締めつけですよ…波留」

背後から野蛮なまでに腰を使って責められ、波留は顎をあげてただ喘ぐしかなくて…。

たまった涙が目尻から転がり落ちると、一息ついたファルークが頬を挟んで、目尻を優しく吸ってくれる。

さらに、朱色に染まった肌に散る紅い印の一つ一つをついばんで舐めあげられると、波留自身も意図せず中が蠕動してしまうらしく、ナディムが小さくうめいた。

「ぁん…ファルーク、ファルーク…」

「可愛い波留。今、俺はたまらなくお前の唇にキスをしたいが、窒息してしまうだろう？」

目をすがめて笑う美丈夫に、この肉体も思考もすべてを奪われる魅惑的な幻覚に溺れて視界が歪む。

息苦しくて、喘ぐように必死で肺に酸素を送り込んだ。

これでは、どっちにしても窒息しそうだったが、息があがって言葉にできない。

「あぁそうだ。なら、キスはこっちにするってのはどうだ？」

ファルークは身をかがめると、熟して尖りきった乳首に吸いついた。

さらに歯で挟んで引っぱって甘噛みする。

「あぁぁ…ん。もぉ、乳首は…ぁぁ、やだぁ。感じすぎて、死んじゃ…うからぁ」

「ふふ。それは困った」

甘い遣り取りを聞いていたナディムは、面白くない。

「波留！　今、貴方の中にいるのはこのわたしなのですから、こっちに集中しなさい」

嫉妬をあらわにしたナディムが、刺し込んでいるペニスを乱暴にまわすと、波留の腰がガクガク揺れて、まるで抽送をねだっているようにしか見えなくなる。

立派に張り出したカリの部分が前立腺の隆起をとらえて、わざとこそぐように何度もこすり倒す。

「あぁ…！　ナディム。そこ、気持ちぃぃ…」

狭い中で粘膜に包まれたペニスは、甘い声に煽られてさらに血流を集めて質量を増していく。

「なら、もっと。こうしてあげますよ」

「あぁ…ひぃ…また、おっきく…な…た！」

乳首は交互に食べられていて、こぼれるほど尖って熟しきっていた。

「あぁ、そこも…気持ち、ぃい」

「どっちが気持ちいい？」

「…どっちも、どっちも…いぃ…よぉ」

もう、誰が中にいて誰に乳首を食べられているのか判断できなくなる。

周囲の観客の数人が、まだずっとこちらをいやらしい目で見ていて、羞恥が波留の感度を増幅させた。

「っ…波留、締めすぎです…く…」

いつものナディムのタイミングより早く中が温かくなって、波留もそれに少し遅れて二度目を吐きだした。

そのまま、ゆっくりと崩れ落ちる。

息を整えたいのに、また前から腰を強く引き戻されて、拒絶する間もなく熱い剛直に中を犯された。

「ひ…ぁぁぁ」

波留があげた声はひどく甘く突き抜けるように響き渡り、さらに周囲の視線を集める。

そのあとは、泣き声混じりのあえかな声が、ただただあたりに響き続けていた。


百合菜王女のために侍女二人を遠ざけたファルークだったが、王族のための部屋として用意されている貴賓室で、ジュラはただただ嫉妬を募らせている。

彼女は神官の娘であり自分も同じ道を志す才女で、身分的にもファルークと夫婦になるには申し分ない立場にいた。

幼少の頃からファルークの妻になることを夢見て生きてきたジュラには、二人の王子の寵愛を一身に受け、独り占めしている百合菜王女の存在が絶対に許せなかった。

歯がみしながらも舞台終わりで三人が戻ってくる時のため、隣室で紅茶を準備しながら待っていたが、まだ演奏が続いているのに部屋の扉が開く。

マントに覆い隠された王女を抱いたファルークとナディムが、部屋に入ってきた。

「マーナ、冷たいタオルを持ってきてくれないか。あと、王女の着替えも頼む」

「はい」

貴賓室にいたマーナはナディムに命じられ、急いで着替えを取りに向かったが、王子たちは隣の給湯室にいるジュラに気づいていない。

ジュラが少しだけ扉を開けて貴賓室をのぞくと、三人の姿が見えた。

百合菜王女はファルーク王子に横抱きにされている状態で、肌はほとんどマントに隠れていたが、素足とうなじが桃色に染まってひどく色っぽい。

愛された肌が高揚している様子を見せつけられ、ジュラは嫉妬が本格的な怒りへと変わっていくのを自覚した。

「絶対に許せない。ファルーク王子の妻になるのは私だったのに……！」

歩けないほど憔悴した王女の身体を、ファルークが長椅子に寝かせようとした時、偶然にも肩からマントが落ちた。

「えっ」

ジュラは驚きのあまり声を発してしまったが、室内にも舞台上の音楽が聞こえているため、二人の王子に気づかれることはなかった。

「まさか…嘘でしょう？　あれは…誰？　百合菜王女じゃないわ！」

上半身を見て気づいたが、王子たちに抱かれていたのは女性ではない。

勘のいいジュラは、ややあってから気づいた。

「まさか、あれは…波留王子？」

幼少の頃に一度だけ見かけたことがあるが、百合菜王女の弟である波留王子は、とても可愛い顔をしていて、二人は姉妹のように瓜二つだった。

「そんな…」

今までずっと騙されていたことを知り、ジュラの怒りはさらに増幅する。

「信じられない！　絶対に許せないわ」

女性に負けるならまだしも、恋敵が男だと知った時の怒りは相当のものだった。

「すぐにドハ国王に、騙されていることを知らせなくちゃ……」

だがこの事実を知れば、その逆鱗に触れることは間違いない人物のことを、ジュラは思い浮かべる。

意地の悪い笑みを浮かべると、乾いた唇を舐めた。

「ふふ。そうだわ。波留王子に、もっと盛大に恥をかかせてやる方法がある」

あと数日経てば、百合菜王女が二人の王子のうち、どちらを婿に選んだかを国王に伝える婚約発表式典がある。

その席で、国民や王族の見守る中、真実を告発しようというのがジュラの思いつきだった。決定的なダメージを与えるには、これ以上の場面はないだろう。

だが、なぜ波留が姉の身代わりに扮しているのかという理由は、いくら考えてもジュラにはわからなかった。

「次期女王となる百合菜王女の結婚相手が決定するその佳き日に、最大級の恥をかかせてやる。見ていなさい。絶対にファルーク王子は渡さない」

翌日、波留はまた姉に電話をかけてみたがやはり繫がらず、仕方なく勤め先に電話をしてみる。

すると姉は近く退職するため、ラシム王国に出向して仕事の整理をしていると伝えられた。

なにかワケがありそうなのは、王子たちの態度から推察できるのだが…。

そのあとも波留は何度か姉の携帯に電話を入れてみたが、結局一度も繋がることはなかった。

そうこうしているうち、もう明日には百合菜王女が花婿を選び、王族や国民に婚約を発表する日がきてしまう。

王家の花嫁が代々、結婚式で着る花嫁衣装の仮縫いをするため、衣装係に採寸されることは聞かされていた。

そうなれば、絶対に自分が男だとバレてしまう。

波留が心配していた国王の体調だが、リハビリも順調で、言葉も普通に戻っているので延期はなさそうだった。

波留はもう一度王子たちに不安な胸のうちを相談したが、明日には必ず百合菜が戻ってくると繰り返されるだけだった。

その根拠も一切わからなかったが、今はただ信じるしかなくて…。

気持ちだけはあせっていて、でも波留にはもう打つ手がない。

夜になっても、百合菜からの連絡はこなかった。

【5】

婚約発表当日になっても、まだ百合菜からの連絡はない。

昨夜、一睡もできなかった波留はもちろんあせっていたが、二人の王子もめずらしく難しい顔をしていた。

ドハ国王との謁見はもうすぐで、そこで正体がバレたらどうなるかわからない。

そして考えもしなかったが、もし百合菜が間に合わなければ、自分自身が二人の王子のどちらを婿に選ぶのかを決めて答えなければならない現実が迫ってくる。

百合菜は絶対、婚約発表の日までに戻るという王子たちの言葉を信じていたため、二人のどちらを結婚相手に選ぶのかなんて考えなかったが…。

今、波留はカディル王国の正装である美しい衣装で着飾って、王子たちとともに国王との謁見の時を待っている。

だが、その手には汗がにじんでいた。

「どうしよう…」

もしドハ国王に正体がバレたら、どうなるのだろう？

怒りを買って殺されてしまうかもしれない。

「波留、とにかく我々が先に国王にお会いして、百合菜王女との謁見まで少しでも時間を稼ぎます。でも最悪の場合、我々のどちらを婿にするか決めておいてください」

「え？　そんなの無理だよ…できないよ」

考えても答えなんて出せるわけがない。

「なぜです？」

「僕は二人が好きだから、どちらかを選ばなければならないのなら、いらないよ。本当に二人が大切で大好きだから」

「波留…」

その答えに王子たちはひどく満悦顔でうなずいて、婚約発表の会場で待つドハ国王のところに一足先に向かった。

そして波留は覚悟を決める。

ギリギリまで自分は姉の身代わりを演じ、もし間に合わなければ正直にすべて白状して謝罪しようと。

そのあとのことを考えても、今は意味をなさないのだから。

心を決めた波留が前を見据えた時、部屋の扉を叩く音が聞こえる。

「はい」

衛兵とマーナが、ゆっくりと扉を開けた。

国王が百合菜王女の選択を聞くために用意した謁見の間には、すでに王族や一部の国民が集まっている。

いずれ王位を継承する百合菜王女が、隣国のどちらの王子を婿に選ぶのかを国王とともに見届け、婚約を承認するためだった。

そんな中、先に謁見の間に入ったナディムとファルークは、百合菜の衣装の準備が遅れているのだとドハ国王に話した。

二人は一ヶ月間の蜜月を過ごしたアザハの離宮での雑談を交え、謁見の時間を上手く引き延ばしていたが……。

ついに、部屋の前にジュラが姿を現した。

当然、予定にない者の入室は扉の前で衛兵に制止されるが、ジュラは声を張って室内にいる国王に訴える。

「ドハ国王。私は二人の王子に仕えている神官のジュラと申しますが、至急お知らせしたいことがございます。実は国王を謀る者がこの宮殿におります」

神官の不穏な言葉を聞いて、ドハ国王は特別にこの場で話をすることを許可した。

「何事じゃジュラ。いったい誰がそのような謀りごとを？　話してみよ」

百合菜と波留を追い落とすため、ここぞとばかりにジュラは意気揚々と告発を始める。

「はい、ドハ国王を陥れようとしているのは、百合菜王女と波留王子でございます」

信じられない名前が告げられ、広い謁見の間に集まった者たちに驚きと動揺が走った。

誰よりも驚いたのは、ナディムとファルークだ。

「まさか…」

波留の正体がバレているのか？

二人は眉間の皺《しわ》を深くして目を見合わせる。

それでも、この状況でジュラの発言を止める術はない。

万事休す。

その文字が脳裏に浮かんだ。

あたりに動揺が広がる中、ジュラは意気揚々と告発を続ける。

「この一ヶ月の間、ナディム王子、ファルーク王子と一緒にアザハの離宮で過ごしていたのは、百合菜王女でありません。あれは、身代わりの波留王子だったのです」

会場に集まった国民たちが、口々に話を始めて室内はざわめきに満たされる。

だが神官の暴露を聞いたドハ国王は、あまりに突飛な話だったため、豪快にそれを笑い飛ばした。

「なにを申しておる。わしは実際、百合菜に会って話もした。あれが波留であるわけがない」

それに対し、ナディムとファルークも同意する。

「ジュラ、なにを言っている？　お前は百合菜王女と波留王子が似ているので、ただ見間違えただけだろう？」

だが、自分には確固たる証拠もあるとばかりに、ジュラは怯まない。

「ドハ国王、ならば今から百合菜王女のお身体を調べてくださいませ。隣の控えの間にいるのは紛れもなく男性でございますわ」

あまりに真摯に訴える姿と国民の動揺に、ドハ国王も侍女の告発を捨て置くわけにはいかなくなった。

「わかった。だが…とにかくいったんは下がるがよい」

ジュラは意地悪く頰を歪めながらも、勝ち誇ったような含み笑いを残して会場を去る。

「マーナに伝えよ。今すぐ謁見を始める。わしがこの場で直接、百合菜に説明をさせようぞ」

そしてついに謁見が始まることとなり、ナディムとファルークは万事休すと覚悟を決める。

とにかく二人は、波留を護ることだけを念頭に置いて、ドハ国王を説得するつもりだった。

「百合菜王女様がおいでになりました」

衛兵の声が謁見の間のドーム型天井に響き渡ったあと、両開きの大扉がゆっくりと開かれる。

そこに現れた人物に覚悟を決めた面持ちで目をやった二人の王子は、その瞬間、息を吞んだ。

上品な所作で優雅にお辞儀をしてみせたのは、紛れもなく本物の百合菜王女だった。

彼女は大きく胸の開いた西洋風の身体にフィットした衣装を身にまとっていて、そのため美しい曲線を描くやわらかい肉体が誰の目にもとても魅力的に映る。

品のよさの中にも甘やかな色気をまとった百合菜の姿を一目見て、国民から感嘆のため息が漏れた。

そしてドハ国王は、満足げにうなずいた。

「先ほどの侍女は、なにを血迷っておったのか」

だが王女の背後から、今度は別の者が謁見の間に入室してくる。

その姿を見て、ドハ国王は目尻の皺を深くしてなつかしげな笑みを見せた。

「そなたは…おぉ、久しぶりじゃのう」

百合菜王女の隣に並んだのは、ナディムとファルークの兄、ラシム王国のラシード第三王子だった。

「ドハ国王。久しゅうございます」

形式的なあいさつのあと、ラシード王子は真顔になって語り始める。

「実は……国王にお願いがございまして参りました」

二人の表情が尋常ではない事態を匂わせていて、ドハ国王も面持ちを硬くする。

「願い？　いったい何事じゃ？」

一方、波留は…。

目の前で繰り広げられる急展開の事態を、開け放たれた扉の外から呆然と見ていた。

実はつい先ほど、いよいよ謁見が始まるという本当にギリギリのタイミングで、百合菜と、そしてラシード王子が現れた。

ホッとしたのも束の間で、姉は『あとは私たちに任せて』と凛とした笑顔で波留をねぎらったあと、謁見の間に入っていったのだが…。

波留自身も、この一ヶ月の間になにが起こっていたのかの真相をまったく知らされていないため、状況を把握したくて耳をそばだて、ことの顛末《てんまつ》を見守っている。

「ラシード王子、その願いとやらを申してみよ」

「実は…わたしは幼少の頃、百合菜王女とこのカディル王国で一ヶ月の間、一緒に過ごしたことがあります」

「あぁ、もちろん知っておるぞ」

母とともに姉弟が帰省した時、退屈しないようにと年齢の近い隣国の王子たちを呼んでくれたのは、他でもないドハ国王だった。

「当時、わたしはまだ幼いながらも、百合菜王女に淡い恋心のような想いを抱いておりました」

ラシード王子の真っすぐな告白に、ドハ国王と、そして波留は意表を突かれて息を呑む。

「そして三年前、自国でわたしが指揮を執って運営している石油プラントに、日本の企業から数人の技術者が新しいプロジェクト運営のために訪れました」

百合菜が胸に手をあてて告げる。

「おじい様…その技術者の一人が、私だったのです」

その後、二人は仕事を通じて徐々に親交を深め、やがて真剣に愛し合うようになったのだと、ラシード王子は切々と語った。

「ドハ国王、どうか…わたしたちの婚姻を認めていただきたいのです」

ラシード王子は、最後にそう締めくくったが…。

「……うむ。だが…ずいぶん急な話じゃな？　なぜ、もう少し前に話してくれなんだ？」

ドハ国王の疑問は当然だ。

このようなタイミングではなく、事前に話を聞かせて欲しいと思うのは当然のことだろう。

「確かにおっしゃるとおりでございます。ですが……実は本当に昨夜まで、国王であるわたしの父を説得していたのです。説得に半月以上の時間を要しましたが、ようやく昨夜、国を出ることの許しをいただきました。こちらに手紙がございます」

「まさか、ハーメル国王の許可を得たと…？」

今回、ナディムとファルークが百合菜の花婿候補に挙げられたのは、二人が庶子だったからだ。

だがラシード第三王子は正室の子、嫡子であるため、国王がなかなか国を出ることを許可しなかった。

それゆえ、国王の説得に長い時間がかかったという。

「なるほど……そうじゃったか」

すべての説明を聞いたあと、ドハ国王はしばらく無言でなにかを思案していたが、やがて百合菜に問うた。

「百合菜よ。お前はラシード王子を婿に迎えたいと、真に願っておるのじゃな？」

「はい、おじい様。いいえ、ドハ国王。どうぞ、孫娘のわがままをお許しくださいませ」

そして百合菜とラシード王子は、ともに頭を下げる。

ややあって、ドハ国王はなぜか安堵したような顔で二人に告げた。

「実は…イズミル一家を事故で失ったあと、百合菜を我が国に強引に呼び戻すことにためらいがあった。いくらエルハムとの約束だったとはいえ、百合菜に政略結婚をさせることが心苦しかったのじゃ。だがラシード王子が相手なら、百合菜は心から幸せになれるというのじゃな？」

「はい！　間違いございません」

百合菜の声は澄んでいて、ホールに凛と響き渡る。

「あいわかった。ハーメル国王の許可も得ているのであれば、他になんの問題があろうか」

百合菜の表情が光を浴びたように明るく輝いた。

「あぁ、おじい様」

「では本日、ここにカディル王国百合菜王女と、ラシム王国ラシード王子の婚姻を国王として認めようぞ！」

「ドハ国王、ありがとうございます！」

百合菜とラシードはようやく破顔し、手を取り合って喜んだ。

そして、今までの遣り取りを見ていた王族や国民からは自然と拍手が起こったが、百合菜は一転、居住まいを正すと国王に語りかける。

「おじい様、実は…謝罪しなければならないことがございます」

国王が首を傾げた時、扉からもう一人、百合菜王女の姿形をした人物が現れて、謁見の間には再びどよめきが起こった。

百合菜王女が二人いらっしゃる…！

そんな囁きが会場を席巻する中、扉の前に立つもう一人の王女が、ラシードの隣に立つ百合菜に目配せをする。

「失礼いたします。ドハ国王、謝罪は僕からさせていただきたいと思います」

ひどく緊張した面持ちで、波留は説明を始める。

「実は……一ヶ月前にカディル王国を訪れ、今日までアザハの離宮で二人の王子と過ごしていたのは……僕、百合菜の弟の波留だったのです」

ドハ国王にとっては、耳を疑うような告白だった。

「……なんと！　それは…まことか？」

会場が大きくざわめき、国王も二の句が継げなくなっている。

「おじい様。どうぞ波留をお許しくださいませ。身代わりを頼んだのは他でもない、この私なのです。だから、悪いのは私です」

百合菜はハーメル国王に婚姻の許可を得るため、ラシード王子と一緒に国王の説得にあたっていたことを重ねて伝える。

「いいえ、いくら事情があったとはいえ、国王や国民の皆さんを騙していたのは姉ではなく僕です。本当に…本当に申し訳ありませんでした」

波留は真摯に謝意を示した。

「ドハ国王、実は…我々も同罪なのです」

「なんと！」

「わたしたちは、波留王子が百合菜王女の身代わりであることを知っていたのに、それを黙っていたのです」

ナディムが正直に真実を語ると、ファルークもそれに続いた。

「それだけではありません。兄、ラシードが父を説得するため、百合菜王女とラシム王国に滞在していることも知っていましたが、隠しておりました」

「えっ？」

仰天の声をあげたのは波留だった。

二人の王子が、実は最初からこの計画を知っていたのだという。

それは、腰が抜けるほどの驚きだった。

だから波留が姉の心配をしている時も、ナディムとファルークのどちらも好きだと苦しい胸の内を告げた時も、余裕の表情だったのだろう。

姉にも、そして王子たちにも隠しごとをされていたことは不満だったが…。

もし仮に真実を知らされていれば、嘘をつくのが下手で顔に出やすい自分は、ボロを出していたかもしれない。

知らされないことが正解だったのかもしれないと、今なら素直に思えた。

「なるほど。そうじゃったか…」

国王は難しい顔で思案していたようだが、ややあってからその点についてもすべて水に流すと許してくれた。

「…ドハ国王、本当にありがとうございます」

「おじい様、ありがとうございます」

百合菜も波留も、そして王子たちも何度も謝罪と感謝を繰り返した。

そしてドハ国王は杖を突いて王座から立ちあがると、高らかに宣言する。

「では改めて、百合菜王女とラシード王子の婚約を、今ここに宣言しようぞ」

晴れ晴れとした面持ちで席を立った国王の前に、今度はナディムとファルークが歩み出る。

「ドハ国王、その前に、我々からもお願いがございます」

「今度はなんじゃ？　もう少々のことでは驚かんぞ」

二人は膝を折って、語り始めた。

「覚えておいでてでしょうか？　わたしたち兄弟は十五年前、バーン山頂の寺院で崖から転落し、波留王子に命を救われました。その時波留王子がケガをして手術を受けている間、我々は神に誓いを立てたのです」

「あぁ、覚えておる。波留の命を助けてくれたら、生涯、波留を護ると神に誓ったのじゃったな？」

「はい。仰せの通りでございます。そしてこのたび、波留王子と一ヶ月の時を一緒に過ごしてわかりました。我々は今も変わらず波留王子を愛しています。ずっとそばにいて護りたいのです。どうか我々との婚姻も許してもらいたいのです」

ドハ国王は、二人からの懇願に唖然《あぜん》としている波留に向かって問うた。

「なるほど。二人の言い分と要求はわかった。だが…波留はどうじゃ？　お前は、ナディム王子とファルーク王子のどちらかではなく、二人と添い遂げたいのか？」

「はい！」

もちろん、波留の答えも決まっている。

「一ヶ月の間、一緒に過ごしてわかったのです。僕には二人が大事で必要なんだと。どうか、僕からもお願いします」

ドハ国王は何度もうなずくと、その直後、声を張って二組の婚約を高らかに宣言した。

謁見の間には、彼らの婚約成就を祝う民衆たちの歓声と拍手がしばらく鳴りやまなかった。


一ヶ月後、二組の結婚式が盛大にとり行われた。

今後はドハ国王、そしてラシード王子とともに、カディル王国の繁栄に尽力していくだろう。

一方、今回のことでジュラは侍女の任を解かれ、ラシム王国に帰国させられることになり、マーナは正式に波留の侍女になった。

そして波留は、アザハの離宮で今度こそナディムとファルークと本当の新婚生活を迎える。

夫たちから歴史を学んだり剣術の稽古をする傍ら、国の子供たちにバラディ舞踊を教えたいと思っている。

ナディムとファルークもそれぞれが国家の政に関与しながらも、国内の大学で教壇に立っていることだろう。

〜　エピローグ　〜

激動の一日が終わったその夜、アザハの離宮では、波留が少しばかり機嫌を損ねていた。

両隣には、困った顔でおろおろしている二人の超絶美形王子。

「だから、波留…申し訳なかったと言って謝っているだろう？」

「わかってるよ」

懸命に取りなす二人に、波留はどうにも承伏できない腹立ちを持て余し気味で…。

「ならば、なぜいつまでもすねた顔をしている？」

「わかっていても、なんか悔しいし腹が立つんだからしょうがないよ。しばらく放っておいてくれたら機嫌も直るし」

ファルークが一つ手を打った。

「わかった。ならば、言いたいことを言えばすっきりする」

そこまで聞きたいならば…と、波留はようやく口を開く。

「じゃあ言うけど、僕があんなに姉さんのことを心配していたのに、どうして一言も教えてくれなかったの？」

「あぁそうだな。本当に悪かった」

賢い王子たちのことだからあえて理由を口にしないが、おそらく四人での決めごとがあったのだと容易に推察はできる。

でも言い訳の一つもせず、すべてを腹に収めて謝罪する姿に潔さだけを感じて、波留はもう完敗を宣言したくなった。

それに正直、もし真実を知らされていたら、嘘が下手な自分は計画をぶち壊していたかもしれない。

結局、なにも知らされなかったお陰で、すべてが計画通り上手くいったわけだ。

腹が立つけれど、彼らの選択が最善だったのだと頭ではわかっている。

「もぉいい。もう怒ってない」

ふくれた頬と尖らせた唇でプイッと横を向くと、すっかり絆されている王子たちに可愛いと連呼された。

「波留、おいで」

両側から、ぎゅっと抱きしめられる。

「……ん」

その温《ぬく》もりは本当に優しくて温かく、波留は左右交互に見あげて、ふわふわと笑った。

嬉しいのに急に目の奥が熱くなって泣きそうで、幸せに震える長いまつげを何度も瞬《しばた》かせる。

ありなんて正解だったと思う」、……まぁ、確かにこんな美しい王子が二人とも自分のものになるのだから、文句を言うなんてあり得ないと思えてきた。

「あの……ごめんなさい。ようやく頭…冷えてきた。よく考えたら、きっと僕はなにも知らなくて正解だったと思う」

ナディムが、ピンクに染まった耳のうしろに唇を押しつけて囁いた。

「波留、愛していますよ」

ファルークが濡れた目尻を何度もついばむ。

「こんなふうに一生、愛する波留といられるなんて感無量だ」

「うん、うん…」

初めて出会った時に感じた胸の鼓動。

それがすべてだ。

自分たちの運命は、あの時に決まった。

そして今はっきり見えるのは、輝かしい未来。

朝は花の香りで目覚め、夜は満天の星を眺めながら愛し合う。

いろんなものを感じて共有して生きていきたい。

「僕も…僕も好き。ナディム、ファルーク…大好き」

これから始まる夢のような未来を両手に抱き、波留は想いを確かめるように告白した。

あとがき

こんにちは。早乙女彩乃です。久しぶりのアラブでなんだかテンションが上がりすぎたみたいで、今回はいつにも増してエロ多めです（苦笑）。

書いてててすっごく楽しかったのは、乗馬しながらの挿入と温泉エロ。

あとは観劇中の御簾の中でのエロかな～。

そしてそして、なんと今回、自分比では過去一で甘いストーリーに仕上がったのではないかと思っていますが、いかがでしょうか？

いいえ、まぁその…普段の私は甘いお話をさほど書かないので、一般比だと普通くらいの甘さレベルかもしれませんが…。


ここ一年くらい古くからの読者様や仲のいい作家友達から、「最近、作品の鬼畜度が下がったんじゃない？」

…との貴重な意見を複数いただいていました。

なるほど。確かに最近の私の作品は、傾向的に多少甘めかもしれませんね。

でもなんといいますかこれも意図的ではなく年齢のせいなのかな…と自己分析してます。

ですが、そういうご意見をいただいたからにはお応えしないとだわ！　と思い、前作『結婚詐欺花嫁の恋』は、鬼畜気味な攻を意識して書きましたがいかがでしたか？


実は二年くらい前から同じ読者さんに「もっと甘い話を書いてください」って、新作が出るたびにリクエストをいただいていたんです。

で…どっちかって言うと、私は甘い話を得意とする物書きではなく（むしろ鬼畜攻）、もっと他に甘い系が超絶上手な作家様がたくさんいらっしゃると思ってそうお返事していたのですが、その後も何度も甘い作品を書いて欲しいと同じ方にご意見をいただき…。

で、考えました。ポジティブ思考でいこうと！

この方は、私に甘い作品を書いてもらいたいのかな？　と…。

で、今回は芯は強いけど、ちょっと押しに弱い受が愛されまくる話にしてみましたが、どうでしょう？

まぁよく考えれば毎回似たような強気な性格の受よりも、違う方が変化がありますしね。

なので書くのはすごく難しかったのですが新鮮でした。

ただ、もっと強気にガンガン動かしたいって思うことも多々ありましたけれどね。

次回作は強気受で書きたくなるほどには…。


そんなこんなで今回の甘々アラブ、ちょっと不安ですがいかがでしたか？　こういう溺愛系もいいよって言ってもらえると嬉しく思います。

今後も、いろんな性格のキャラクターを書いていきたいと改めて思いました。

最後になりましたが、繊細で美しい挿絵を描いてくださったCiel先生に感謝を申し上げます。そしていつも私の変態案にそれ以上の助言をくださる編集様にも最上級の感謝を！

ではでは、今回はヘボ作家のお話を読んでいただきありがとうございます。

また次回作でもお会いできると嬉しいです。本当にありがとうございました。

早乙女彩乃先生、Ciel先生へのお便り、
本作品に関するご意見、ご感想などは
〒101-8405
東京都千代田区三崎町2-18-11
二見書房　シャレード文庫
「逆ハーレムの溺愛花嫁」係まで。

本作品は書き下ろしです

CHARADE BUNKO

逆《ぎゃく》ハーレムの溺愛《できあい》花嫁《はなよめ》

【著者】早乙女彩乃《さおとめあやの》

【発行所】株式会社二見書房
東京都千代田区三崎町2-18-11
電話　03(3515)2311［営業］
　　　03(3515)2314［編集］
振替　00170-4-2639
【印刷】株式会社堀内印刷所
【製本】ナショナル製本協同組合

落丁・乱丁本はお取り替えいたします。
定価は、カバーに表示してあります。

©Ayano Saotome 2015,Printed In Japan
ISBN978-4-576-15142-7

http://charade.futami.co.jp/

CHARADE BUNKO

スタイリッシュ&スウィートな男たちの恋満載

早乙女彩乃の本

一億円分、身体で払ってもらう

結婚詐欺花嫁の恋 ～官能の復讐～

イラスト＝水名瀬雅良

結婚詐欺を働いた悠斗は夫だった圭吾に見つかってしまう。愛ゆえの反動に理性を蝕まれ、凌辱、媚薬とあらゆる行為で屈辱を強いる圭吾。悠斗はその報いを甘んじて受けていた。なぜなら——。

俺は今、強姦魔なんだから泣くほど犯してやる

変態彼氏のアイドル調教

イラスト＝相葉キョウコ

神尾の同期の白鳥はアイドルの有紀の大ファン。彼女そっくりの容姿が災いし、女装デートにメイド服での初Hなど…ありとあらゆる変態行為を強要されることになった地味眼鏡の神尾だが…。

CHARADE BUNKO

スタイリッシュ&スウィートな男たちの恋満載

早乙女彩乃の本

唯一の雌を巡っての、危険な恋の駆け引き

恋人交換休暇

〜スワッピングバカンス〜

イラスト＝相葉キョウコ

浮気性な恋人・毅士の提案で南の島へスワッピングバカンスに行くことになった矢尋。同行カップルの理久に運命的な出会いを感じる矢尋だが、本気にならないのがバカンスのルールで…。

ラビはドMなんでしょう？　だから、うんといじめてあげる

お伽の国で狼を飼う兎

イラスト＝相葉キョウコ

動物だけが暮らすお伽の国。美人で気が強い兎のラビは川で狼の子・ウルフを拾い、育てることに。成長するにつれ、ウルフはラビに恋心を抱くようになり肉食獣の獰猛さでラビを欲するが…。

CHARADE
BUNKO

スタイリッシュ&スウィートな男たちの恋満載

早乙女彩乃の本

芳那が欲しくて気が狂いそうなわたしはおかしいのか?

砂漠の王子と偽装花嫁

イラスト=兼守美行

親が交わした誓約書により偽装結婚をすることになった芳那とシャリフ。一年の間、形だけの夫婦を演じればいい。そう思っていた芳那だが、婚礼の夜、媚薬と張形で秘所を蕩かされ…。

俺、いつかこの絶倫イケメンにやり殺されるかも♥

好きになってよ。

イラスト=相葉キョウコ

大学生の寛太は親友の哲平に片想い中。イケメンだけど、恋愛に疎い哲平に安心していたがある事件をきっかけにモテ期到来! 哲平を誰にも取られたくなくて、寛太は眠る彼の体に触れて…。

CHARADE BUNKO

スタイリッシュ&スウィートな男たちの恋満載

早乙女彩乃の本

あぁ、なんて可愛らしくて、いやらしい……

皇太子の双騎士

イラスト＝兼守美行

美貌の皇太子・テュールは、腹違いの弟ジーフリトへの叶わぬ恋に苦しんでいた。側近のフェンリスは身代わりでもかまわない、と激しい快楽にテュールを誘い…王家のラブ・トライアングル！

おまえがあいつに抱かれたかどうか、今から調べてやるよ

皇太子の双騎士2

イラスト＝兼守美行

側近のフェンリスと異母弟のジーフリト。どちらも選べない間はセックスしないと宣言する皇太子テュールだったが、フェンリスはテュールの護衛役を、恋敵のジーフリトに譲ると言い出して…

新人小説賞原稿募集

400字詰原稿用紙換算
180〜200枚

募集作品 シャレードでは男の子同士、男性同士の恋愛をテーマにした読み切り作品を募集しています。優秀作は電子書店パピレスのＢＬ無料人気投票で電子配信し、人気作品は有料配信へと切り換え、書籍化いたします。

締　　切 毎月月末

審査結果発表 応募者全員に寸評を送付

応募規定 ＊400字程度のあらすじと下記規定事項を記入した応募用紙（原稿の一枚目にクリップなどでとめる）を添付してください ＊書式は縦書きで1ページあたり20字×20行か20字×40行 ＊原稿にはノンブルを打ってください ＊受付の都合上、一作品につき一つの封筒でご応募ください（原稿の返却はいたしませんのであらかじめコピーを取っておいてください）

規定事項 ＊本名（ふりがな）＊ペンネーム（ふりがな）＊年齢 ＊タイトル ＊400字詰換算の枚数 ＊住所（県名より記入）＊確実につながる電話番号、FAXの有無 ＊電子メールアドレス ＊本賞投稿回数(何回目か) ＊他誌投稿歴の有無（ある場合は誌名と成績） ＊商業誌経験（ある方のみ・誌名等）

受付できない作品 ＊編集が依頼した場合を除く手直し原稿 ＊規定外のページ数 ＊未完作品（シリーズもの等）＊他誌との二重投稿作品･商業誌で発表済みのもの

応募・お問い合わせはこちらまで

〒101-8405 東京都千代田区三崎町2-18-11
二見書房シャレード編集部　新人小説賞係
TEL 03-3515-2314

＊ くわしくはシャレードHPにて http://charade.futami.co.jp ＊